島嶼記事

《島嶼記事》是我心靈的獨白，未來的歲月，無論經歷多少風霜或雨雪，我思我寫，是與非、優與劣，不矯揉造作地呈現在讀者面前。

寒玉　著

攀越文學的另一座高峰

——試論寒玉的《島嶼記事》

陳長慶

《島嶼記事》是寒玉小姐的第四本書、第三本散文集。然而這本書則與先前出版的《心情點播站》、《女人話題》與《輾過歲月的痕跡》有所差別。蓋因前述三書均為新舊作品融合編輯而成，前後時間相距近二十年，新作的比例僅佔了三分之一。而《島嶼記事》卻是近一年多來的作品，從二〇〇八年二月〈陽光下的生命〉到二〇〇九年三月〈窗外人物速寫〉。以一個早年失學、婚後以相夫教子為重的家庭主婦而言，在短短的年餘，竟能書寫出十九篇、總字數高達十餘萬言的散文作品，不僅讓人刮目相看，更令人佩服她那份苦學的創作精神，以及對文學的熱愛和堅持。

從寒玉停筆十年後重新復出的創作過程中，我們可以發覺到她書寫的風格，已隨著年齡的增長與思想的成熟，擺脫掉少女時期不實際的虛幻和夢想，極其自然地進入到「寫實」的境界裡。在《島嶼記事》十九篇作品中，幾乎都與這塊土地有密切的關聯。即使金門只是一個蕞爾小島，但卻有其獨特的歷史文化和民情風俗，倘若沒有細心的觀察和綿密的思維，是難以把它描述得那麼生動感人的，由此可見作者所花費的苦心，絕非是庸俗的三言兩語可道盡。但是，為了忠於寫實，為了不違背自己的良知，當她把某些事實的真相透過文字呈現出來時，卻也經常為自己增添不少麻煩。因為置身在這個虛偽而不實的社會，少數缺乏人文素養與公德心的島民，他們要的是「褒」而非「貶」，一旦其醜陋的一面被揭露，勢必會老羞成怒，繼而引起他們的不快和憤激。儘管作者沒有指名道姓，但某些心裡有鬼的人，還是會心虛地去對號入座，而後再以惡言惡語或更激烈的言詞來羞辱她。對於那些措辭不當卻又失格失調的語言暴力，理應可以訴諸法律給他們一點顏色，別以為女性作家好欺負。然而從側面上瞭解，作者還是展現其寬宏大量的胸襟，選擇原諒和包容，不與他們計較。而人的容忍度卻是有限的，但願那些走遍東西南北、輾轉落腳在這個島嶼的人士，多一點省思和覺悟，剷除那道不合時宜的族群藩籬，對這塊土地和祂的子民多一些關愛，共同營造一個祥和富康的社會，方能得到島民的尊崇。

綜觀書中的十九篇作品，作者雖然是依發表的先後來編排，但似乎可以把它歸類成三輯。輯一為：〈陽光下的生命〉、〈路邊小故事〉、〈三月抒懷〉、〈島嶼記事〉、〈浯鄉見聞錄〉、〈浯島撿拾〉、〈門外世界〉、〈見聞〉、與〈窗外人物速寫〉等九篇，總共分成九十九個小單元。而這些篇章，可說都是作者親身的觀察和體會，復透過文學之筆把它一點一滴、一字一句地記錄下來的。作者慎密的觀察、敏銳的思維，讓我們清楚地看到一個寫實作家心思細膩的一面。因限於篇幅不能一一加以剖析，請容我依序試舉兩例：

在〈陽光下的生命〉裡，她關懷的是一群患有憂鬱症的鄉親。不錯，社會是現實的，有身分、有地位的人自有其逢迎拍馬者，而他們是人，同樣地需要關懷、需要愛，但佇立在陰暗角落的那些孤單身影，又有多少人會去關懷他們、理會他們呢？因此，她們必須珍惜生命，必須自食其力始能活得有尊嚴，然後迎接光輝燦爛的明天。

〈路邊小故事〉是由三十則日常瑣事書寫而成，內容有啟發性亦有趣味性，有親情亦有友情，雖然每則只短短的幾百字，但卻言之有物，讓人讀後不會有不知所云的空洞感，頗有方塊文章的架勢。而文中最為人津津樂道的或許是第五則的「手相」，作者是偶然間看到平面媒體：「測字神準免付錢，看手相只要兩百元」的專訪報導，而興起了去看手相的念頭。現在我們且看作者是如何讓「算命仙」看手相的：

大師要我伸出手，左看看、右瞧瞧，手心、手背，一遍遍。右手看完換左手、左手看完換右手。放大鏡，仔細瞧，感情、生命、事業，講了老半天，不知所云？是我聽不懂，還是命理太深奧？

當作者的手被算命仙摸了半小時還不放時，為了要試探算命仙的「道行」，於是她靈機一動，竟鼓勵陪她前往的先生請他測字，反正測字不用錢，但算命仙卻堅持要幫他看手相。原以為先生的手也會被摸半小時，豈料兩、三分鐘就解決了。當她把這件趣事說給一位男性友人聽時，友人曾開玩笑地要倒貼她兩百塊幫她看手相，作者始恍然大悟，原來她這個長歲數沒長智慧的大白痴，花錢請人吃豆腐而不自知！雖然這位從教職退休的算命仙已作古，作者把這段趣事訴諸於文字，並非無的放矢或刻意地醜化，似乎有意警告世人要打破「窮算命，富燒香」的迷思。

輯二為：〈母親〉、〈烈嶼姑〉、〈婆與媳〉、〈拜拜〉與〈人生如戲〉等五篇。而在這五篇作品裡，作者幾乎把島上的婚嫁禮俗、殯葬禮儀和民間慶典，都融入文中的情節，試圖為後輩子孫做傳承。從廟內供奉的「聖侯恩主公」、「留府千歲」、「關聖帝君」、「天上聖母」到做醮時的「起鼓」、「法奏」、「請神」、獻敬；從孩子「度晬」（週歲）的「抓周」（試兒）到訂婚時的「芋子芋孫」、「韭菜頭」、「犁頭銼」；從小殮時的請井神：「井神、井神，今仔日是阮阿嬤歸天之辰，請汝賜水予伊浴身」到出殯時的「大鑼」、「托燈」、「銘旌」等等，都為讀者做最詳細的解說。倘若對浯鄉之民間慶典與民情風俗沒有深入瞭解的話，勢必難以做如此完美的詮釋，作者之用心可見一斑。

值得一提的是〈烈嶼姑〉這篇作品，其他情節我們姑且不論，就讓讀者來欣賞烈嶼姑如何幫阿嬤梳頭髮的那一幕情景：

> 烈嶼姑輕輕地把阿嬤扶起，讓她靠在老式「眠床」的遮風板上，輕巧地取下她髮髻上的「珠針」、「銀簪」和「金釵」解開「網袋仔」和「辮索」的線縷，再把綰成髻的長髮鬆開，然後用半圓型的黑色「頭梳」，輕輕地一下下，把阿嬤散發著「地仔油」味的髮絲往後梳。不一會就把阿嬤散亂的髮絲梳齊了，然而黑色的頭梳卻纏著不少阿嬤脫落的華髮，果真歲月不饒人啊！烈嶼姑的內心，感到一絲兒悽涼又不捨的況味。

梳好阿嬤的頭髮後，烈嶼姑用那條毛線編成的「辮索」，緊緊地紮著阿嬤腦勺的髮絲，又把髮尾綰成髻，套上「網袋仔」綁緊線縷，然後插上「珠針」、「銀簪」和「金釵」，把阿嬤那份高雅端莊又慈祥的氣質呈現出來，讓阿嬤不適的身體，彷彿在驟然間復元了。

年輕一輩的朋友對這幕情景或許較陌生，因為他們的阿嬤可能都是上美容院燙頭髮、噴髮麗香的，體會不出爾時老阿嬤髮髻上「地仔油」的芬芳。然而若依作者的年齡而言，即使沒有親手為阿嬤梳過頭，親眼目睹或從老阿嬤口中得知的機緣並非沒有，要不，豈能把阿嬤梳頭的情態描述得那麼生動感人。尤其是阿嬤髮髻上那些「珠針」、「銀簪」、「金釵」、「辮索」和「網袋仔」，如果缺少這方面的知識，是難以下筆的。一個寫實作家的可愛處，正因為她懂得去觀察、去領會、去深思，而後以流暢的筆觸，才能把未曾歷經過的情景，書寫得那麼真、那麼實，繼而地引起讀者的共鳴。這篇作品能得到「浯島文學獎」評審們的青睞，並非僥倖。筆者曾蒙受當屆複審委員的推派，為該文寫了一段評語：「金門雖然是一個蕞爾小島，但有其獨特的歷史文化與民情風俗。作者透過烈嶼姑這個角色，來詮釋逐漸式微的島嶼文化。無論題材的選擇或題旨的呈現都頗具匠心，亦同時融合著濃厚的鄉土色彩。即便該文取材自週遭的人、事、物，人物故事略顯平凡，但平凡人物的行為與思想，卻映現出許多偉大的情操。除了對人性有深刻地探討外，人物刻劃亦相當地細膩生動。尤其是烈嶼姑為阿嬤梳頭以及阿嬤往生時入殮、出殯等情景，寫來更是傳神逼真。該文故事完整、細膩溫婉，段落分明、結構嚴謹，閩南語用字正確、用法精準，是一篇可讀性甚高的作品。」

輯三為：〈鼠來也〉、〈期望社區更美好〉、〈徘徊花叢間〉、〈黑夜過後〉、〈君在何方〉等五篇作品。當我們讀到「新春第一砲，老鼠來報到！」短短的幾個字時，從腦中掠過的不僅僅是鼠年的來到，彷彿也見到一隻噁心的小老鼠佇立在我們跟前，因此，作者欲表達的時間和意象，就活生生地呈現在我們的眼簾。年輕時不覺得老鼠可怕的作者，曾經有來「一隻抓一隻，來兩隻抓一雙」的記錄，想不到有點「年歲」的此時，竟怕起老鼠來。而在鼠輩橫行的當下，卻也發覺到「睡到老公身邊較溫暖」與「一個家不能沒有男人」的真理。整篇作品寫來輕鬆活潑，並回顧到軍管時期賣「老鼠尾」與「麻雀腳」的趣事，讓我們有置身在那個年代之感。

整體說來，《島嶼記事》雖不是寒玉小姐的代表作，但卻是她心血的結晶。即便各家對文學有不同的詮釋和認定，然而，無論是生活週遭的日常瑣事，或是親身經歷和體驗，只要能透過文字書寫成章，再經過報刊主編審閱予以刊載，我們便沒有否定的理由。君不見，在這個高學歷掛帥的社會，眼高手低的「膨風水雞」一大堆，因此，我始終認為：無論是任何一種文類，能把它一字不漏地書寫出來便是可貴的，復經時光的考驗，自然就有它存在的價值。倘若一味地自吹自擂、胡亂批評，自己又寫不出來，那又有什麼意義可言？這是某些「現代人」必須深思的。

最後請容我引用魏怡先生在〈散文魅力的探尋〉裡的一段話，做為對一個在文學園地裡踽踽獨行的寫實作家的祝福：

不論從散文漫長的發展過程來考察，還是從散文這種文體的美學屬性來考察，我以為，散文與詩、小說、戲劇相比，是最切近現實生活的一種文體。寫真人其事，不仰仗虛構，這是散文這一文體的突出特徵和魅力所在，也是區別於其他文學體裁的一個顯著標誌。作為一篇優秀的散文，其結構可以鬆散而不講究，文辭也可以隨便不典雅，但內容卻必須真實。

陽光下的生命

一、憂鬱情懷

柔美的身段、玲瓏的曲線，海的女兒有著健康的膚色。

她，認識了戰地男兒漢，背著行囊離家鄉，為愛上前線！

不懂憐香惜玉的他，糟蹋她的情、撕毀她的愛。

同住一屋簷，每日四目相望，摩擦連連。想離去，不忍幼兒無辜，思前想後，孩子交給婆婆。

她在街道尋找，尋一個白晝棲身所。

小姐時代，曾有一技之長的她，很快有了結果。她告訴老闆娘，酬勞不計較，只要讓她逃離那個家，有個落腳處，心頭就已滿足。

不多話的她，做起事來，一板一眼。老板娘交代的工作，均能不負所望。

正欣喜心情漸漸開朗，與客人相談甚歡，和同事相處融洽。問題卻來了，她的另一半找到了她，要她回家，乖乖地待在家裡。

她真的回家了。但，從此臉上無歡顏、憂鬱情懷滿心間，她比以前更不快樂！

終於，她走進了一個地方，慢慢地躺下。左右兩側，有她的朋友，她們同病相憐，彼此都有一段不為人知的心事！

二、掌上明珠

自小被父母捧在手心上的她，怎麼樣也沒想到，此生會是這樣的結局。生性活潑開朗，喜歡中性打扮的她，一直是個快樂的女孩。每日，單車輕騎大街小巷，樂觀的性情，逢人笑盈盈。嗓門一開，話題就來，很快地，便與人打成一片。

青春的歲月，日日年年過，沒多久，步入紅毯，迎接另一段人生路。數年的婚姻，亮起了紅燈。辦妥離婚手續，返回娘家居住，父母健在，給了支援。但漸漸地，她的性情大變，開始喃喃自語，目光呆滯。

父母心疼，帶她求醫。醫療結果，時好時壞。曾是黑髮的父母，照顧她多年的結果，每每憂愁滿面。如今，兩老已白髮蒼蒼，他們擔心愛女，曾是率性健談的她，再也好不起來了！他們擔心，他們百年之後，誰來照顧她？

三、迎向陽光

當兵數月，家屬質疑被欺侮，但軍中診斷結果為「自閉」！與外界脫離的他，居住家裡，由母接濟。含辛茹苦的母親，見愛兒如此，心有萬般不捨。屋漏偏逢連夜雨，坎坷的母親，兒如此、夫病逝。緊接著，其母又中風。她一肩扛起生活重擔，照顧慈母與愛兒。時間對她來說，彌足珍貴，閒餘之際，幫人端菜洗碗，外燴商家，給了她一線生機。

她親授兒子求生的技能，在外人眼裡，那「自閉」的兒子，終於走出家門，迎接陽光、迎向綠油油的菜園。

他開始翻土、施肥、種菜、澆水……

他主動照顧外婆，對外婆噓寒問暖……

他小心翼翼地騎乘機車，載著他敬愛的母親，母子倆迎著晨風與夕陽，輕啟塵封已久的心扉。

四、養兒防老

中風的她，兒在台灣，離鄉背景，為生活打拼。唯一留在身邊，則是受扶助的對象。

居家服務員，為她打理，但她心中渴盼親情陪伴。

一身邋遢的兒子，穿著一雙破拖鞋，見車攔車、見人攔路，伸手即是要錢。他雖沒有殺傷力，但路人擔心、婦女害怕！

為了一根煙，他在母親腰間，來回找尋。覓著了，手舞足蹈了起來；當打火機點燃的瞬間，他竟不吵不鬧，在自己的世界裡，沉靜思考。

知道他的需要，很想買幾包煙給他，但抽煙有害無益，尼古丁易戕害身體，因而作罷，改了其他的方式幫助他。

五、年輕的生命

從鷹架上摔下來，從此下半身癱瘓。

十幾年來，伴著他的，除電視、尚有電腦。

年紀輕輕，做小工，存款娶妻、養兒育女，人生有規劃。

世事多變，上蒼無眼，做工期間，四腳朝天！這一摔，毀了人生路。

兄弟均在台，父親不忍留下來，照顧著他，讓他有溫暖。

從抑鬱寡歡，不能接受這事實，到近年來的看開一切，他的一顆心，掙扎許久。

年輕的生命，不該如此，沒有未來。

他知道，今生就此過，不再怨天尤人，但呼籲朋友，「賺錢有數、性命要顧」！

六、自食其力

外籍新娘來到前線。

碼頭工人的另一半，在一次搬、卸貨的時候，出了嚴重的意外，不治死亡。婆婆怪她剋死丈夫，她忍氣吞聲，擦乾眼淚，將撫恤金拿來蓋了房子，讓一家大小有住的地方。

三個孩子，她含辛茹苦地將他們扶養長大。女兒學美容、兒子油漆工，他們各有自己的天地，養活得了自己。

曾經苦過的她，如今無憂無慮，但她不忘苦日子，依舊每天騎著機車，到市區一處餐飲店工作，廚務雖忙，日子卻過得充實。

自食其力的結果，除了自身零用，亦有存款，期待娶媳婦呢！

容光煥發的外籍新娘，每回相遇，總是含笑點頭，在前線居住許久的她，已說得一口流暢的國語，民情風俗，更是難不倒她。

七、背影

服用藥物後，反應有些遲鈍的他，旁人指指點點，相較之下，他的心卻是善良。

他和她有著相同的境遇，因此相識於同一場所。

他對她疼愛有加，怕她餓，他會細心地為她張羅吃的；怕她孤單，他亦日夜陪伴。

在他們的世界裡，他們也有愛。

他是個有禮貌的孩子，缺陷卻讓他無法走入人群。

社會是現實的，有身分、有地位，自有逢迎拍馬者。角落的人群、孤單的背影，有多少人理會？

他們亦需要關懷、需要愛。黑暗與光明，在一念之間，那些滿口仁義道德的人們，是否該為他們設想些許？

八、熟悉的聲音

年輕的她，丈夫赴南洋，一去不復返。

肢體障礙的她，數十年來，與養子相依為命，住在一棟破舊的古屋，養子打零工、亦加入島上「永續就業」的行列，除讓她三餐溫飽、亦讓他享受天倫樂。

政府的許多津貼，幫了她大忙，也減輕了養子的負擔。

足不出戶的她，活動空間只在庭院。平日，她大門深鎖，有訪客，不輕易開門，除了熟悉的聲音。日日年年，她守著古厝，天氣好轉，則依偎在那扇褪了色的木板門後面，晒晒太陽、亦聽聽屋外的聲響。

寒流過後，溫暖的陽光普照大地，與另一半送著「愛心水餃」去看她，叫了好久的門，沒有回應，好擔心。

村裡的人，看我們尋訪未遇，找來了她熟悉的聲音，輕輕一喊，門縫越來越大，終於整扇門開啟，見到了安然無恙的她，雙手遞上「金元寶」，祝她年年如意、歲歲平安！

九、往日情懷

她領有身障手冊，生性獨來獨往的她，忍受著冷言冷語與被歧視的滋味。

無奈和悲悽的命運環繞著她，已夠不幸。但一波波異樣的眼神，讓她覺得渾身不對勁。她告訴我，找到真愛了。但愛得辛苦，因為別人閒言閒語，讓她眼睛不爽、心裡不悅！

分分合合的歲月，她躲躲藏藏。那不懷好意的目光，刺傷了她的心扉。她亦是人，有權利在陽光下自由穿梭，居於優生學的考量，只要她懂得保護自己，能做好防護措施，旁人，除了祝禱，實在不該抱著看熱鬧的態度，對她指指點點。

出門許久，不見回家。再次相遇，她的眼神顯得呆滯，髣如變一個人似的，那白嫩嫩的臉蛋，毫無血色。

她默默的注視著前方，嘴中喃喃自語，似乎遭逢什麼事的她，顯得緊張不安。

觀察她很久了，那黯淡無光的眼珠，何日恢復往昔的明亮？

十、尊嚴

為五斗米而折腰，觀人情百態、看世間冷暖。

他覓了一份勉強糊口的工作，個性稍嫌內向的他，字典裡沒有「不」字。

某天，受委曲了，淚往腹吞，就是不敢表白。

強勁的風雨，一波波的襲來，考驗著他的耐力。木訥寡言的他，神經緊繃的，身處在危機四伏的地方。

隱身暗處，裝神弄鬼之人，差點毀了他。

顧人怨個性的她，發揮了抱不平的功能，她不讓人扼殺他的人生、她不讓人毀了他的幸福，所謂「有理走遍天下、無理寸步難行」。

她看他被歧視、她看他被威脅，於心不忍的跳了出來，與他肩並肩。

人生路，還很長，她要他過得有尊嚴。

路邊小故事

一、黃金獵犬

現代人，水平愈來愈高，紛紛養起寵物來了。

體型壯碩，一身鑲著金黃色，外觀威武，卻含蘊溫馨的牠，由另一個家，安抵了這一個家。

儉樸的主人，省自己的胃，購最好的狗飼料，餵食著牠，一如撫養自己的孩子。

怕牠冷、怕牠餓，小心翼翼的伺候。狗籠棲身，量身訂做，溫暖許多，管它外頭有多少風雨，淋不到身軀。

某天，主人放牠出來透氣，狗鍊栓得緊緊，亦綁得牢固。一回眸，卻發現平日溫馴的狗兒，已不知去向。

四處搜尋，未見蹤影，心急如焚的主人，理性思考，為防狗兒意外或人兒遭殃，迅速向有關單位備了案，本是無事一身輕，為了親情、為了愛，心頭沉重的負擔，一樁又一樁。

徹夜難眠，思獵犬，回首來時路，餵食、洗澡、撿糞便……，日日月月地陪伴，有靈性的牠，豈能這般？是自己走失？抑或其他？

好友捎來喜訊，市場尋獲，呼喚回家。

一黑、二黃、三花、四白，依顏色挑選，排行老二的黃金獵犬，福大命大，沒被屠宰，置入香鍋，加入中藥，慢火細燉，成為老饕冬日進補的聖品，算牠「祖上有德」。

平日威武雄壯的黃金獵犬，出走一夜，神情疲憊地回到了主人的懷抱，軟軟的身軀，在主人精心為牠搭建的小屋，闔眼休憩。

家，總是最溫暖的所在，離家出走的黃金獵犬呀，看你以後還敢不敢亂跑？

二、帶禿頭去洗頭

冬的腳步近了，冷冷的風，由腳底直撲而來，穿上厚重的衣裳，還是覺得冷。

天氣冷，血液循環不順暢，膝蓋痠痛、骨頭僵硬、肩頸緊繃……，徵狀頻出現，未老先衰，難過的模樣，在爬樓梯與就寢時，一幕幕的浮現。

跟先生約好一起上美容院，放鬆一下，洗頭兼按摩。臨出門前，正與好友通電話，順勢約他一同前往，他也真配合，在電話那頭，聽我解說，要如何達到最低消費、最高享受。

聊了許久，他迸出一句：「你們夫妻去吧！」

「天氣多變化，去享受一下被服侍的滋味，洗頭又按摩，才一百塊……」

「妳忘了我禿頭？」聰明絕頂的他回答。

他哈哈大笑，我卻笑得比他更大聲，「啊，我真的忘了，你頂上無毛！真糟糕，我竟要帶個禿頭去洗頭。」

無預警的跟人家開了個玩笑，還敢笑，又笑得那麼大聲，真沒禮貌。

對不起哦！下次不敢了。

三、阿伯

他六十出頭。

她七十出頭。

他兩鬢白髮。

她染了黑髮。

她由遠處走來，盯著架子看，「阿伯，有沒有賣衛生紙？」

「有，」他很自然地，從架子上取了一包衛生紙賣給她，收下錢，又很自然地回到座位。

我這「好笑神」又捧腹大笑了。

「妳笑什麼？」他不解。

「她年紀比你大耶，喊你『阿伯』，你也接受？都被叫老了！」

「習慣了。」他一本正經的說。

白了。

「為什麼不去染黑？看起來比較年輕，也不會讓人誤判年歲。」他的頭髮，在很早以前就

「年輕時，我也是一頭黑。」他整了整鬢髮，頭仰高高。

「用腦過度，嚐到苦果了？去嘗試催髮生吧！」見他頂上光禿禿，建議他試試。

「自然就是美。」他還真堅持。

我就沒這勇氣了，我的白髮見光死，不經意間，發現黑髮映照白光，管它拔一條、長七條，看了不舒服，連根拔起，先拔再說。

已當「阿公」的他，讓人喊「阿伯」，相較之下，有一些些「年輕」啦！

四、阿公

外孫接連誕生，「阿公」長、「阿公」短地嚷著，旁人跟他恭喜。升格了，欣喜，但一絲落寞。

如果有兒子，兒子的兒子，就是他的孫子，「內孫」何其重要呀！

天不從人願，他已看淡一切。

兒子、女兒一樣好，他努力打拼，將所有的心力，投擲在女兒的身上。

望子成龍、望女成鳳，他亦有之。

把屎把尿，傳統觀念裡，是女人的責任。他，顛覆傳統，父兼母職，餵牛奶、換尿布……，無一不做。

女兒長大了，紛紛有了歸宿，他感安慰。然則，隨著一個個的離去，孤單與落寞，如影隨形。

誰能體會「阿公」的孤寂？

少年夫妻老來伴，唯有「牽手」多陪伴。

五、手相

地方小，喧騰他的命理高，波波人潮店裡繞，觀過去、看未來，算命攤上好賺錢。

午后的陽光刺眼，閱覽了篇章，那個算命仙，測字神準免付錢，看手相，觀過去與未來，只要兩百元。

「窮算命、富燒香」，拉著另一半，陪我走一趟。

屋內已有人聞風而至，桌面上，百元紅鈔好幾張，可見生意還不賴。

前面的人已離去，輪我坐下來，大師要我伸出手，左看看、右瞧瞧，手心、手背，一遍又一遍。

右手看完換左手、左手看完回右手。放大鏡，仔細瞧，感情、生命、事業，講了老半天，不知所云，是我聽不懂，還是命理太深奧？

有些年歲了，眼睛藏在眼鏡裡，靠近了我，既看手相、亦看面相。看看腕錶，他的手，和我的手，接觸半小時了，還不放？

靈機一動，要先生找他測字，反正測字不用錢。

大師真有個性，堅持要他也看手相。還以為先生的手，也要被摸半小時，豈料？兩、三分鐘就解決了。想多問一些，大師喘得不像樣，擔憂他身體欠安，兩人付了四百塊，相視一笑，晚餐，隨便吃一吃就好。

老友知曉始末，從抽屜取出兩百塊，「這個給妳。」

摸不著頭緒，被他奸詐的笑容，點了一下，「我貼妳兩百塊，讓我幫妳看手相。」

恍然大悟，原來我這個大白痴，長歲數、沒長智慧，「花錢請人吃豆腐」而不自知。

六、徵婚啟事

以前的人，到了適婚年歲，媒妁之言、父母之命，說結婚，就結婚；隨著時代進步、思想開放，年輕人不談個戀愛，彷如缺少了什麼？

看對眼，轟轟烈烈愛一場，縱然試婚亦無妨。思想前衛的人，合則聚、不合則分手，爾後，男婚女嫁，各不相干。

稍嫌內向，怎麼辦？還是免不了媒妁之言、父母之命。

當相親一個接一個，男不歡、女不愛，沒緣沒分，紅毯之日，遙遙無期。

「先友後婚」的「徵婚啟事」，利多，吸引了他。

相親、約會，動作頻頻。不久後，兩人果真「先有後婚」；先前的非完璧不娶，此刻，管她是否處女之身，豐渥的嫁妝，可少奮鬥好幾年哩！

七、穿耳洞

十六歲那年，父親大人用一條細細的、金黃色的線，穿過縫針的小孔，那條線，經過細鹽的消毒，準備在我的耳垂停留一段時日。

父親的手指，沾上細鹽，在我的耳垂處，揉了又揉，很快的穿針引線，左耳與右耳對齊，兩個耳洞，就在我的一陣「嘶嘶」下，出擊成功！

金黃色的縫衣線，打了個小圈圈，停留數日，又換上了釣魚線。數月後，戴上了亮晶晶的耳勾，那是純金打造的。

欣喜自己再也不是「無耳豬母」，但另一難題卻來了，「活耳」的我，只要取下耳勾數日，耳洞隨即密合，總要母姊使力幫忙，耳勾歸位後，「雪山油」與「碘酒」，日日塗抹。

現在，有打洞機真方便，對準耳垂，打進去，聽說不太痛，「死耳」的人，什麼材質的耳環皆能戴，就是不「爛耳」。

數十年如一日，非金不戴，不是我拜金，而是爛耳的滋味不好受！

路上看到許多年輕人，一穿耳洞就是好幾孔，問他（她）們痛不痛？

愛美的人兒，早已忘了痛滋味。

八、道德觀

年紀一大把了，還這麼幼稚。

喜歡吞雲吐霧的他，身擁無數的外國牌香煙，獨享裊裊煙霧，無視身旁有多少人正吸進他的二手菸，受尼古丁的戕害。

伸伸懶腰，菸蒂不是在他人車身捻熄，即是發揮彈指神功，順著風勢，彈到哪兒，棲身之處就在哪兒。風吹草動，很幸運，到目前為止，尚未釀成大禍。

自家垃圾，東掃掃、西掃掃，大字一揮，就這樣給它揮進水溝裡，也不怕水溝堵塞。

手動、腳動，是項不錯的運動，但手癢，就不是好現象。經過他人停車處，瞧瞧車身，亮出手中的玩物，輕輕一刮，烤漆變色，露出了滿足的笑容，晃晃腦、瞇瞇眼，開開心心地離去。

都幾歲了？

心態？

九、追思

外省籍的他，在金門的某個村莊落腳，直到終老。

他那親切的態度，數十年如一日，村內的婚喪喜慶，奉獻一己之力，從不缺席。

單身的他，在戰地有一份不錯的職業，愛上了前線的純樸民風，退休後，選擇留下。

村外的一處鐵皮屋，是他的棲身之所，裡頭收藏著各式各樣的飾品，整齊地擺放，時而讓人欣賞。

罹病，撒手人寰，眾人不捨。

他在這塊土地耕耘，他在這塊土地終老。

他將村人當親人，村人視他亦如是。

他走了，村內少了一個熱心的人。

難過之聲，此起彼落。

村人在悲慟之中，送他一程，願他黃泉路上好走。

十、夫妻

結婚數十年的夫妻，丈夫溫柔、妻子強勢。

每日起個大早的他，很貼心的為妻子泡了一杯牛奶，小心翼翼地保溫，等待賴床的妻子醒來，一飲而下。

疼她、愛她的結果，妻子恃寵而驕，爬到他的頭上灑尿，他無怨無悔。

纖纖玉手，不是用來扶持丈夫的事業和做家事，而是指著丈夫鼻子數落一波又一波。

他一忍、再忍……

但她吃飽閒閒沒事做，胡思亂想的結果，由憂鬱到躁鬱，不肯尋醫治療，苦了水深火熱的丈夫。

他默默地承受了這一切，只為家庭和諧。

年紀不大，身心俱疲的他，卻日漸蒼老，回首來時路，當年怎會看上她？

後悔了，真的很後悔。

十一、借電話

手機普遍，人人手上一支，不稀奇。但是，自己腰間繫手機，捨不得撥打，向他人借電話，按鍵盡量撥、嘴巴盡情講，反正付費的是別人家。

精打細算的人兒，申請手機，只為好看，在家撐門面、出外撐場面。

同樣計算時間，用他人家的，由他人付費。投機份子因而不客氣，「你家電話借我打。」

「你不是有手機。」

「市內電話便宜，手機昂貴。」

市內電話雖便宜，也要看撥打哪裡？

點頭應允，「助人最樂」。

親嘗帳單，「疼痛滋味」。

十二、獨生女

台金姻緣一線牽。

獨生女的她，朋友介紹，這忠厚老實的金門男孩，深深地吸引著她，提著行囊，為愛上前線。

島上的民情風俗，她一概不知。初來，煩惱多多，數月的適應期，令她消瘦。

在家中，她不需煩憂不需愁。出嫁後，一切須從頭，尊公婆、侍丈夫，另加拜拜多。

不一樣的環境，增添憂鬱情懷。丈夫心疼，給了她一股愛的力量。

兩個月後，她逐漸步入軌道，融入了島嶼的生活。

現在的她，有一個念小學的獨生女，不願孩子將來像她一樣苦，不知女兒長大、情歸何處的她，「教」與「訓」，打從孩子懂事的那一刻起，她教導孩子、亦訓練孩子獨立。

懂事的獨生女，在獨生女媽媽的教導下，已能獨當一面。

就從鬧鐘叫醒的那一刻起……

十三、雪花隨風飄

雪花隨風飄，當聖誕老公公現身，我這聖誕老婆婆亦軋上一角。

孩子已逐漸長大，家中的玩具棄之可惜，靈感一飄，這幾年，選在聖誕節，將玩具整理後，由孩子帶到學校，贈與小朋友，以延續它的生命。

每回孩子領獎品回來，無論包裝紙的品質如何，總是小心翼翼地拆封，然後一張張地折疊，整齊地收藏在箱子裡，待他日需要時，隨手可得，不必花錢購買。

今年，多了一個小兒子上學，數數獎品，送三班，包裝紙不夠用。乾脆，神祕禮物見陽光，精緻的包裝全免，我的手也不會痠。

校園喜洋洋，根樂校長穿聖誕裝——這一腹部微凸的老公公，送來了拐杖糖，大人與小孩，見者有份，吃在嘴裡、甜在心裡。

先到幼稚班，「其嘩媽媽好漂亮」，幼生的嘴兒有夠甜，道聲好，聖誕佳節長高高。婆婆媽媽胯下夾球跳，幼生抱球走，大手牽小手，比腳力，看誰得到最後的勝利。

再到二年級，「歡迎其騰媽媽進教室」，女多於男的班級，吃香的四位男生，集千般寵愛、萬般疼惜，上臺吟唐詩、背宋詞，為自己爭氣、為班級爭光。呼拉圈，團團繞，轉了一圈又一圈，管他粗線條，只要腰圍承受得了，高矮胖瘦並不重要。

最後一站四年級，「感恩詩淳媽媽，每年送禮物」，輕聲細語的老師，將班上得來的獎品，那大大小小的包裝紙，儲存起來，聖誕樹下，玩具藏身其中。而親子的趣味競賽，兩根竹竿夾兩顆球，手夾緊、快狠準，看誰贏。

雪花飄，溫情圍繞滿園跑，可愛的孩童，嘻嘻鬧鬧。

聖誕樹，燦耀閃爍喜洋洋，間間的教室，氣氛飄灑。

十四、異性緣

「古錐」的她，聖誕佳節巧相遇，她就坐在我隔壁，娓娓訴說，身旁多美女，邪門的是，異性要手機，不找別人偏找伊。

世間人兒何其多，「緣」字在心頭。外在的第一印象，固然重要，談得來，才是重點。內在的涵養，言之有物，必讓人留下深刻印象。

「美」的定義，見仁見智，「花瓶」不久遠，看久亦想換。唯有內在的氣韻，不衰老。女子聚集之地，環肥燕瘦均有之，無論長相如何，心地善良、賢淑美德為首要。許多美在外表的女子，顧得了自己、顧不了其他，家中蟑螂亂竄、蜘蛛網遍布、堆積如山的垃圾，仰賴他人清除。

倒是有些相貌平平、看來不是很起眼的女人，窗明几淨的家居生活，讓丈夫和孩子無憂無慮。

內外兼備、術德兼修，或許同性相斥，但異性相吸呀！

十五、娶新娘

鑼鼓喧天嚷、鞭炮串串響，誰家娶新娘？紛紛探頭看。嬌羞嫁娘臉兒紅；難掩喜悅新郎官，伸手撫觸美嬌娘。

遵循古禮來嫁娶，浩浩蕩蕩，車子一輛接一輛，樂聲悠揚，鞭炮一路響，煙裊裊，既怕熏到、亦怕彈到，掩耳摀鼻、搖頭又晃腦。

一生一次，熱熱鬧鬧，但現代人，忙忙碌碌，簡單就好。

世紀豪華大婚禮，亦要衡量經濟，可別打腫臉、充胖子，未來的人生，才要開始。

未婚時刻，一人飽，全家飽。結婚之後，兩人一起來煩惱，先是柴米油鹽醬醋茶，再是奶粉尿布學雜費。

花錢快、賺錢難、存錢慢。攜手走紅毯，多方考量免鋪張。

紅色炸彈，漫天飛舞，見人就炸。

千元大鈔，掏了又掏，一臉苦笑。

趕場人家，東奔西跑，「胃」豈能受得了！

十六、換牙

舊牙換新牙，乳牙一換，我將長大。

小時候，乳牙掉了，雙腳併攏，上面掉牙，丟入床鋪底下。下方掉牙，擲往蚊帳方向。

每當牙齒搖搖欲墜，吃東西困難之際，「過橋比我們走路多、吃鹽比我們吃飯多」的雙親，總會發揮他們的指甲神功，叮嚀眼睛看天花板，尚未來得及防備，用力點按，牙齒已和牙齦分離，然後緊閉嘴唇，吞入血水，再按傳統習俗，該丟哪裡，就丟哪裡。

自己有了小孩，當孩子換乳牙之際，小時後的偏方就是派不上用場，只因下不了手。這個時候，總得花上二十塊錢掛號費，讓診所的醫師，連哄帶騙地：「乖，叔叔跟你輕輕拔，等一下送你禮物，不能哭喔！」

然後，拿一種冰冰涼涼的東西，噴呀噴的，再輕聲細語：「來，眼睛看天花板」，不出幾秒，鉗子已夾帶孩子的牙齒出來。

講究衛生，從不帶走牙齒做紀念，就直接丟入垃圾桶。最近看了一則報導，乳牙有醫療效用哩！如果是真的，那就虧大了。

醫生叔叔誇讚孩子很勇敢，送了他「造型橡皮擦」，孩子開心極了，我這沒用的媽媽，如果能學以致用，用古老的方法，快狠準的對孩子下手，所節省的掛號費，可以買好幾塊橡皮擦哩！

十七、失智老人

她推開了自家大門，走呀走，走過大街、繞過小巷，想回家，不知家在何處？雙腳長於身，愛上哪兒、就上哪兒，家人亦無奈。

身上無聯絡地址、亦無電話號碼，好心人士想幫她，卻無從幫起。

家中有一人不舒適，經濟負擔、精神壓力，擾不甚擾、煩不甚煩，誰能體會？

當老人走失的那一霎那，親情的呼喚，是否感應得到？

社會溫情，不是每個角落都有。許多人抱著多一事、不如少一事的心態，遇事就閃，反正，那是別人的家務事，與己何干？

不肖子孫，趁機逍遙，走一個、死一個、少一個。

急得如熱鍋螞蟻的家人，遍尋不著的結果，既報警、又登報，再是張貼尋人啟事，要他

（她）快快回家，免艷陽烈日晒肌膚、天寒地凍身顫抖，無棲身之處、無糧食裹腹。

有這等遭遇，已屬不幸。基於人道，既不能上鎖、亦不能綁繩。照顧時間有限的家庭，在經濟許可下，請個看護陪伴，至少知道他的行蹤。而一般人家，沒有多餘的人力與財力，又無法二十四小時照料，不妨在他的身上，戴個牌子，書寫聯絡方式，以便需要時，派上用場。

十八、車禍

葬身車輪底下的老人家，已屬不幸，但眾說紛紜，「看個影，生個子」，描摹之人，如身歷其境，這對往生者，乃大不敬。

有人說：「老人家是為了撿拾地上的十塊錢，彎腰之際，被車輪輾過。」

亦有人說：「老人家是為了趕車、趕拜拜，一不留神，就被撞了。」

還有人說：「老人家過馬路，眼睛看地板，沒注意來車，倒楣的事就上身了。」

更有人說：「老人家雨傘掉了，彎腰拾起，才會造成遺憾事。」

有那麼多的說法，但真相只有一個。

個頭嬌小的老人家，當日有事上街，但耳朵重聽、視力不佳的她，在駕駛倒車之際，沒聽見旁人的吶喊聲，從此與世長辭。

無論大小事，總有好事的人群，以訛傳訛的結果，為事實的真相，漆上許多的顏色。

十九、停水

沒預警的，七號上午停水，八號上午停水、下午又停水，沒水塔的人，超不方便。撥了一通電話，詢問原因，服務所表示沒停水，允諾派人查看。

不多久，一輛黃色的貨車駛到屋宇前面，下來兩個人。

推開落地門，迎上前去，其中一人說道：「你們這邊停水，不會吧，前面有人在洗車，水很大。」

「我們昨天上午停、今天上午停、下午又停。」

「這邊沒停水呀，妳家的水塔呢？」

「我家沒水塔，所以一停水，馬上知道。」我接著問：「這兩天怎麼停了這麼多次？」

他終於據實回答：「昨天馬達壞了，沒放水；今天水管破了，我們剛去修理，妳看，弄了這一身。」拍拍身上的灰塵、又指著雨鞋上的泥濘說。

屋外正下著紛飛細雨，這樣在外頭修水管，的確辛苦。只是，無論天災與人禍，客戶有「知」的權利，要聽「實話」、要知「實情」。

我家可是沒水塔的，下回，別再隨便說說。

十號上午，不知啥原因，又停水了，左等等、右盼盼，中午了，還是沒來。

又撥了通電話詢問原由，已經中午了，人回去吃飯了，要等下午一點半上班，再派人查看。中午時刻，水龍頭開了又開，還是沒水來。一點半，再次輕啟水龍頭，真守信用，果真來了水。一點四十分，工作人員來電說明，上午六點半到十點半，供給水到水管的加壓跳了，才會造成停水，除道歉，更提供意見，要我裝個水塔。

繞了一圈，都是沒裝水塔惹的不便。

二十、便利盒

郵局推出了便利盒，郵寄時，方便許多。

第一次購便利盒，付了七十塊後，閃到一旁，怎麼折，就是疊不成一個盒子。臉熱燙燙的，走回窗口，找了那一位長得美美的、有一個兒子的她幫忙。

從兩邊對折、再到封口插入，她均笑咪咪地、細心地指導。看來不難，沒碰過，就是不懂，經她指點，下次會了。

書寫方式，寫慣直式，將橫式混合直式寫法，寄件人與收件人，搞錯位置，這「窗口美人」放下了手邊的工作，拿來範例，供我參考，又遞來一張電腦紙，讓我重新書寫，至於張貼，就交給她，由她代勞，服務態度超好。

字跡不是很工整的我，郵寄包裹，那外包裝上的字樣，常勞先生幫忙。一次，遇到老同學誇讚：「妳的字很漂亮！」

「那是我先生寫的。」看到人家「窩落」另一半的字體好看，與有榮焉，但自己的「龍飛鳳舞」，什麼時候才能字跡秀麗呀？我看，很難喲！

二十一、選賢與能

達官顯貴令人羨，爾虞我詐上戰場。親兄弟，明算帳，同黨不同心，哪邊有福哪邊站、哪邊有利哪邊靠。

政黨拼輸贏，上下一條心。選戰開鑼，各式文宣，大街小巷亂飛揚，信箱塞滿滿。宣傳車上擴音響，不分白晝與夜晚，擾人清夢，耳膜遭殃；候選人，披綵帶，挨家挨戶，打躬作揖，「一張票、一世情」？

樁腳嶄露頭角，親戚、朋友、鄰居、同學……，只要喊得出名字，便扯得上關係。此刻，有人大發選舉財，一票應允多人，「誠信」如何寫？「人格」如何唸？全拋諸腦後。

「賄選島嶼」就此誕生，每回選舉，總是「賄聲賄影」，賺到爽到、賺不到「暗粗」，此種選舉文化，不投也罷！

有人當官，除本身才能，政黨的扶搖直上，亦是重要原因，「吃果樹、拜樹頭」，人之異於禽獸，在於有「思維」的力量，當書中的知識呈現，「羔羊有跪乳之恩」，身為人類，又豈能無知？

坐上「龍椅」的那一霎那，回頭審視，有多少人的血汗，一路陪伴？然，當登上這一座山、又覬覦另一座山，早已忘記來自何處；那羽翼的庇蔭，過河拆橋，腦海已忘、心海已除，恩情蕩然無存。

政治詭譎多變，時而平靜無波，時而風起雲湧。有擔當，不辜負選民所託，拿出魄力向前衝；沒擔當，雙手一攤，就擺爛，天塌下來，自有高個兒擋。

選民擦亮眼，選人才、費思量，「君子重平數」，投票時刻，先考慮候選人平日為人再說。

二十二、紅色炸彈

年關將近，婚嫁頻頻，紅色炸彈滿天飛，親朋好友來相隨。

看交情，少則一千、多則數千，一月炸個數張，人多收入少的家庭，肩頭負荷沉重。

旅居他鄉的遊子、點頭之交但稱不上朋友、曾居村落已搬離許久，影像已模糊……，此時此刻，紛紛現身，見者有份。

結婚，邁入人生另一個旅程，親朋好友的祝福，點綴著喜悅的氣氛；然則，變相的宴客，逢人便炸，趁機撈一筆者，大有人在。而桌數有限，人頭無限，擁擠的場面，凸顯主人的不夠誠意。

婚禮的鋪張，掙了面子、亦掙了銀子，但卻苦了新娘子，化妝、做頭髮、換禮服，與新郎倌一桌敬過一桌，中午敬、晚上敬，今天、明天、後天……。

簡單隆重，輕鬆自己、放過別人，「紅色炸彈」該炸的炸，不該炸的就免了吧！

二十三、鐵腳

現年九十二歲的她，由金城搭公車到山外，她倚著車上的扶手，好幾站了，許多年輕的乘客，紛紛讓位，老人家說什麼也不肯就座。

我就站在她的身旁，一樣倚著車上的扶手，總覺頭昏昏、腦脹脹、雙腳站不穩。

豎耳聽她暢談人生史，親人在台，從年輕到現在，一肩挑起金門的拜拜。每日，她都要出門，公車是她的代步工具，多年來，她已練就一身好體力，她的一雙「鐵腳」無人比。

她說：「現代年輕人，欠磨練，軟腳比不上我的鐵腳。」

親身體驗，很想呼應：「您老說得是！」但古有名訓：「囝仔有耳無嘴、有尻瘡無放屁！」只得乖乖地洗耳恭聽。

車上七嘴八舌，紛紛問她如何保養？已經這麼高齡了，還這麼康健。

她說：「頭腦要清楚、反應要快速；不要關在家裡，要出門走動。」

老人家耿耿於懷的是，一路走來，健健康康，唯一遺憾，頸部長瘤，怕人瞧見了眼睛不舒服，用絲巾圍住。

「長壽」的老人家，除重養生之道，尚有一顆善良的心。

二十四、年糕情

糯米所做成的食物，胃不是很能接受的我，今年，竟愛上了年糕的甜滋味。德高望重的九十歲老婆婆，村內的婚喪喜慶，都有她的足跡，「炊粿綁粽」更是難不倒她。由砂糖、糯米粉、麵粉、水組合而成，將它們攪拌均勻，倒入圓形器皿，再放入蒸籠，火候的拿捏、時間的控管，影響著年糕的口感。

有個傳說，家裡蒸年糕時，如果來了孕婦，年糕的中央會蒸不熟。因此，許多婦女逢此「年糕事」，總是小心翼翼。

接過老婆婆親手製作，剛出爐、尚溫溫熱熱的年糕，在這夜深人靜、風大雨大的夜晚，心頭一陣暖馨。迫不急待地淺嚐，那甜度適中的年糕，有慈母的愛。

吃在嘴裡、甜在心裡，「老婆婆，明年，我還要，要您的年糕、要您的愛！」

二十五、血光之災

大年初六開學了，校園冷冷清清的早晨，沒什麼人影。戰慄許久的身軀，哆嗦了起來。離開校園後，有些失落，這蕭瑟的天候，還要等多久，才會有一絲暖和。坐在電腦前面，思緒縷縷，正敲打著鍵盤，突然電話響，大兒子出事了。電話那端傳來訊息，兒子使用美工刀，不慎割到手。

立刻奔到校園，保健室那頭，老師正用紅藥水幫大兒子擦拭，看到半公分多的傷口，不斷鮮血滴淌，問大兒子痛不痛？他很勇敢地回答不痛。

「你的手滴血，媽媽的心也在滴血，你不痛，媽媽心痛啊！」帶他急診，剛好遇到熟識，當傷口處理完畢，閒聊一陣，人家讚嘆兒子帥，回程的路上，我卻怪他皮，早警告他，小手還不穩，持刀要大人在場，免生意外。

他告訴我，「女朋友」叫他割的。

「你把媽媽的話當耳邊風，將來討了老婆還得了！」八字還沒一撇，婆媳戰爭就要開打。大兒子低頭思過般，一臉無辜的樣子，「媽媽，以後我會聽您的話。」輕咳一聲，「嗯，乖兒子，這還差不多。」

二十六、寒冬送暖

獨居的他，總是蓬頭垢面、一身邋遢，不與人打交道的個性，拒絕外力支援。

今年的寒冬特別冷，各界紛紛展愛心，禦寒衣物、裹腹食材，送到需要的家庭。

帽子、外套、鞋子、襪子，整組搭配，既美觀又實惠，期望他們穿在身上，既保暖、亦過一個好年。

來到低矮而簡陋的柴房，輕推那一扇老舊的木板門，他就待在裡面。當道明來意，遞上愛心的時刻，碰壁了。

苦口婆心地勸導，他終於收下了。

數日後，很不放心地再走一趟，「檢查」他的衣服是否安在？有否穿著？

他輕描淡寫，已將衣物丟於屋外，那不祥之物，不能入屋。

在他的帶領下，尋覓一陣，衣物何處？不見蹤影。

寒冬送暖，「熱心」而去，「寒心」而歸。

二十七、愛心捐款

許多店家總在醒眼的地方，擺上一個「愛心捐款箱」，無論發票與鈔票，來者不拒。

某日，帶著孩子上了一家休閒飲品，正聽見一則對話：「老闆，我是基督徒，請問你，這愛心捐款，什麼時候送出去，是每個月送，還是多久？」

年輕人回答：「每個月底，這是要幫助顏面傷殘的人。」

「這當然，我們有手有腳，哪需要這一些。」

無論問話的那位先生是居於誠意、抑是質疑，這個社會，好心人有之、壞心眼的也有。擔怕的是，假愛心之名、行斂財之實。

社會變質、人心也變了，許多心存善念之人，省自己的胃，盡量捐，自己營養不良，有心人士卻肥了肚腸。

因此，無論發票與現金的捐獻，除衡量自身狀況，亦須了解對方所為何來？是否真有其事？

二十八、志工

少校退役，擔任志工數年的他，過著簡樸的生活，助人最樂。

照顧服務，一個接一個，經濟不佳的人家，他抱著做善事的心態，竭盡所能的，不問收入、只問付出。

接受訓練的他，居家服務，不落人後。就連素齋結緣，他亦一馬當先。

他的身上，沒有華麗的包裝；他的談吐，沒有很深的內涵。但他，就是有一顆善良的心。

而某些假藉愛心，美其名為「義工」，卻搞小團體，穿起了愛心背心，卻心胸狹窄，不解「愛心」為何物，實際需求「搶鋒頭」，為了「名」與「利」，凡事先盤算己得利益，再決定付出多寡，這等愛心，不要也罷！

志工，只要有心，皆可當，端看心思為何。

二十九、運將

走過木棉道，排排的小黃、辛苦的運將，總是那幾輛、總是那些人。艷陽高照，見不到他們雪白的肌膚；寒風刺骨，他們縮著身子打寒顫；滂沱雨勢，駕駛座上聽雨聲。

隨著島嶼的軍隊撤離，賴以維生的阿兵哥，紛紛跟戰地說拜拜，走了再也不回來。以往收入不錯的運將，現在望天興嘆，從早到晚，來往的人潮，一波波，等了又等、盼了又盼，有幾個人上車？

上有父母、下有妻小，今日載客量的多少，關係明日生計的維繫。

軍隊裁了、百姓搭免費公車。辛苦的運將、熟悉的面孔，收入越來越少了，往後，何去何從？

三十、物價上漲

薪水不漲、物價漲。

有錢人，還是有錢；沒錢人，更沒錢！

漲聲連連、叫苦連天，民生用品，無一不漲。

反應成本，加諸在消費者身上。民以食為天，就從饅頭與西點講起，麵粉上漲、售價調整，掂了掂重量，沒以前的大，少吃了好幾口。

三餐「老外」的更慘，沒漲的便當，菜色縮水了。想吃豐盛一點，就要多做盤算了。

避免苦哈哈日子的到來，頭髮自己洗、三餐自己煮、衣服自己縫、種稻米、養雞鴨、餵豬羊、出門搭公車、肚子餓了，勒緊褲帶勤減肥。瓦斯太貴少沾惹，最好是學古人，建爐灶，上山砍柴，偏偏島上的木麻黃越來越少，上哪兒找「米粉秋」？

食衣住行，漲得離譜，小從衛生紙，張數越抽越少、品質越來越差，趕快去找高粱田，尋覓「高粱稈」；大至無殼蝸牛，望屋興嘆，一棟房子，比先前高出數十萬的成本，努力存錢，計畫跟不上變化。

什麼時候，人們才可以脫離這種苦日子？

三月抒懷

姐姐妹妹聚一堂

依舊寒意陣陣的三月，些許陽光，溫馨地灑落一地，這暖馨的季節，帶來了美的詩意。

三月七日傍晚，慚愧而汗顏地走進金湖鎮公所，目光掃射辦公室，整齊劃一的場面、形成壯觀的畫面，已接近下班時間，待會兒就要共享晚餐。第一眼就瞧見我們「作家協會」的欽進，他露出了靦腆的笑容，歡迎我這志同道合夥伴的到來；來和更是笑眯眯地，連聲恭喜；聰明熱情地帶領電梯位置。

上了三樓，承辦人志衡已在場恭候，他遞來了棗紅色的胸花，讓我黏貼於左胸前。紫色的毛衣、紫色的長外套、外加黑色的淑女褲與黑色的淑女鞋，配上這朵花，很滿意今天的造型。

擁有四個「女朋友」的鎮長致詞，母親、妻子和兩個女兒，都是他的最愛，他期望先生們，能多愛太太一些些；而代表會主席，沒有「女朋友」，但在這場盛宴裡，衷心祝福婦女朋友們，佳節愉快！

鎮公所各課室主管及員工、鎮代表、各村里里長等，席開六桌。兩桌的女性員工，顯現出兩性平等、女性抬頭。

靈魂人物張小姐，拿起麥克風，高歌一曲，炒熱冷颼颼的天候。緊接著，一個接一個，輪番上陣，比台風、賽嗓門，有人高音、有人低調。餓翻的人，埋頭苦幹，先吃一頓飽，免得腸子哇哇叫。

來了兩位認「親戚」的男士，一為里長、一為員工，是我的同學，快三十年的往事，想了老半天，有了一點小小的印象。走出了校門，人人頭上一片天，各有事情忙，已失聯許久，該是開「同學會」的時候了。

福林、天順及各課室主管與里長，紛紛敬酒與勸菜，甫上任的農會理事長國強，更是春風滿面，他的肩上，另有一番更艱難的任務，那就是為農民謀福利。

婦女朋友，來自不同的家庭背景，但有一顆相同的「愛家」之心。最感敬佩的是，那家遭變故的年輕姐妹，從她身上，看不到一絲難過的神情，歡顏展現，將憂鬱藏心間，樂觀開朗迎風浪。初見面、話家常，無意間觸動了她的傷口，見她眼光泛紅，纏繞著的是，悲情的人生，願她堅強而勇敢。

曲終人散，已是萬家燈火。蕭條的新市里，少見人影。瞧瞧街景，少數的飲品店，稍有生意上門。眼前的幾輛小黃，在木棉樹下望穿秋水，卻盼不到人兒上車，當他們空車駛向回家的路上，油價上漲的今日，想必心疼陣陣。

三月八日，起個大早，今天，我是主角。

縣立體育場，婦女佳節聚一堂，四面八方的姐妹，相約前往看熱鬧，欣賞表演兼摸彩。

另一半，手捧鮮花上了台，深情一獻心溫暖。低頭瞧見「榮欣之光」的字樣，原來送花另有其人，只是假他之手，狠狠的瞪了這沒情調的男人一眼。

送花之人，真懂女人心，柔和的曲調、浪漫的氣氛，讓人既驚且喜又窩心。她知道，軍人出身的另一半，不會張羅這一切，為了這個「驚喜」，無人張揚。另一半也配合演出，我在櫥櫃找算盤，要他跪一晚，結婚十幾年，「心」豈能向外？而今日，心情超好，算帳之事，暫記牆壁。哪天當選「模範母親」，要他補送花兒一束。

縣長與夫人感情超好，禮物隨身攜帶，擁抱後、深情一吻。在場的一千多位婦女朋友，感染了愛的訊息，返家後，不知有多少人會要求另一半比照辦理。

摸彩時刻，高潮迭起。兩百多份彩品，使人目不轉睛，豎起耳朵，專心凝聽，無論大獎與小獎，只要沾到邊，都屬幸運。

往年聚餐一百桌，今年暴增四十桌，共襄盛舉的婦女朋友們，越來越多。

主辦單位，裡外皆忙；志工夥伴，熱心展現。

步出體育場，有人如趕飛機般，把握時間走前面，喧譁、推擠，為上了年紀的婆婆媽媽們，捏一把冷汗。

聚餐時刻，服務生端菜上桌，放眼而望，後面尚未上菜，前面已盤底朝天，可見參與人潮的熱絡。

走出餐館，艷陽高照，重要的節日，看到了人生百態。

老人天地

春雷一聲響，夾雜陣雨與雷雨。午後的陽光露臉，走訪了老人居住的地方。

進門處，銅製的阿公阿婆雕像，栩栩如生。右側的活動中心，百福千祥多如意、天賜平安福祿壽、地生金玉富貴春，這橫批與上下聯含蘊著年節的氣氛。

甫進入，牆上的「今日菜單」令眼睛為之一亮，早餐饅頭、皮蛋瘦肉粥、油條；中餐紅燒肉鯽魚、杏鮑菇燴雞肉、清炒菠菜、乾稀飯、地瓜安簽湯；晚餐梅干扣肉、苦瓜炒蝦仁、韭菜豆芽、乾稀飯、玉米濃湯。光看菜單，垂涎三尺，有朝一日，親睹人間美味，這頤養天年的好所在，該是許多人嚮往的地方。

六十五歲，即可進駐，目前約九十五位長者、平均年齡約八十歲，他（她）們居住在這清幽雅緻的環境中。這兒的房間分單人房與雙人房，單人房每人每月七千元；雙人房每人每月五千元。

長長的走廊、整齊的房間，探頭一望，一位九十三歲的老阿嬤，慈祥的招呼，遞來了塑膠椅，上面鋪著一層椅墊，坐起來軟綿綿的，很舒服。眼睛掃瞄了一下房間，再過幾年就是百齡人瑞的長者，房間整理得井然有序，不禁想到現代的許多年輕人，早晨起床，小心鑽出棉被；晚上睡覺，再小心鑽入被窩的情景。看了她那張鐵製的、底下有輪子的床，直覺那是一張病床，對老人家而言，高度似乎高了一點。而簡陋的設備，不妨加強一些些。略遜的傢俱，亦須汰舊換新。地板的防滑，對老人而言，更需注意，尤以島上多霧，霧來臨，屋裡屋外，潮濕一片，預防滑倒，防滑設施不可少。

八十三歲的阿嬤，低頭摺蓮花，看到了我，熱情的招呼，她的臥室，窗明几淨。信佛的老人家，桌上擺著環保香，初一、十五上佛堂。只是，年歲漸長，聽力有些不良。

八十歲的阿嬤，染了頭髮、紋了眉，一身黑色、直線條的套裝，猶如貴婦一般。樂觀開朗的心情，在午後，一群人坐了下來，我說阿嬤年輕時候一定很愛漂亮，阿嬤笑說她現在也很愛漂亮。大方的她，前些天，親人探望，她請他們上菜館。

未婚的她，在老人面前，扮演著「開心果」的角色，這天地，需要更多這樣的人才。老人偶爾也會寂寞，逗他們開心，他們的心境更年輕，外表看不出年齡。

「婆婆媳婦一家親」，開心果精心擘畫，相談甚歡的老人家，譜出了如家人般的親切感受。

午睡過後，長者紛紛探出頭，有人身手矯健、有人拄著拐杖、有人坐著輪椅，陽光下，談天說地。在綠油油草坪踱步的老人家，吞雲吐霧，正享受著藍天、白雲、綠地，以及由鼻孔、口中逐漸飄出的灰白色雲霧。交誼廳的一幕，十數位坐著輪椅的男女長者，台上的卡拉ＯＫ歡唱，台下少數拍掌。人生如此，一股憐憫之心湧至。側頭訴感受：「看他們這樣，心好酸！」身旁的誠亦有感而發地說：「趁年輕，把身子養好。」在他的管區裡，也有好幾個人，躺在床上好幾年了。

想到上午，自己剛從醫院看報告回來，不喝酒、不肥胖、亦沒有肝炎，卻有個不好的訊息，肝指數與脂肪肝偏高。帥帥的主治醫師勸我別熬夜、要調整作息，有人熬夜時，肝指數就高，不熬夜，肝指數就正常。他開了長得很像巧克力的補肝藥給我，喜歡吃巧克力的我，從此之後，看到巧克力，就想到補肝藥，有點「噁噁」的感覺。人家嬰兒斷奶，當媽媽的還要在乳頭處，塗上一層辛辣的東西。當我臉蛋微圓、腹部微凸、大腿微粗的警訊出現時，該是少攝取糖分、努力減肥的時刻。此際，則不必費心思，就這樣輕而易舉的跟巧克力斷絕來往，期望藉此甩掉身上的幾塊贅肉。尤以人瘦好穿衣，腹部多出的這一圈，磅秤結果，若將多餘的脂肪取下，如上市場買豬肉，好幾斤的結果，提不動哩！再扯下去，喜歡包水餃的我，改天又要跟絞肉說拜拜！我把健康的希望，寄託在他的身上，有一點擔心的問他：「我會不會死於肝硬化、肝癌？」

「調整作息」為不二法門。自己盤算，應該不會死得這麼快。我尚有未實現的理想、未圓的美夢，豈能徒留遺憾在人間？那種死不瞑目的樣子應該很難看？

興的邀約，與添和另一半，在民眾服務分社，品茗著柔柔音調的影所親沏的茶，人手一杯，暢談健康之道，不外乎運動。添因為持之以恆的運動而上報，興也是每天下午勤跑步。我的一位小學老師，每天爬太武山，保有健康、亦保持身材，寒冷的天候，我穿著大外套直打哆嗦，他一件薄薄小夾克還流汗。

拉回了思緒，眼前失去健康的長者，不忍見。未來，他們需要更多的關懷。有更多人加入愛心團隊，發揮所長，在他（她）們剩餘的歲月裡，助他們一臂之力，將痛苦減到最低。

走進猶如迷宮的地方，好奇心的驅使，私下詢問，這幽謐的境界，譜出戀曲有幾人？或許民風保守，老人天地的男男女女，未聞「黃昏之戀」。

就要離開，跟阿嬤們揮揮手，有的冷漠、有的熱情。

冷漠的阿嬤盯著我看，不發一語。

熱情的阿嬤，要我再來。

哪天，再有機會踏入老人天地，我將當個忠實的聽眾，專心聆聽，聆聽阿公阿嬤們，他們背後的每一個故事。

他們曾經年輕……。

母親

我沒了父親、亦沒了母親。

四月三日晚間，接獲兄長來電，母親昏迷，正在醫院急診。

晴天霹靂，手腳發軟，母親怎能這般？

趕到醫院，急診室吊著點滴的母親，血壓飆高兩百多，電腦斷層的結果為「腦出血」、昏迷指數為八。醫生告知，有兩個小時的黃金期，由家屬決定，如有意願後送台灣治療，半小時後，即可上飛機。當機立斷，申請直昇機後送、直飛台北榮總。

將母親留在金門，只有「死亡」一途；讓母親後送，又怕客死異鄉。詢問醫生，預測手術結果，有活命的機會，按時做復健，亦有恢復的可能。但最壞的打算，以後的人生，就是躺在床上了。

送與不送，掙扎矛盾。但人命無價，我們做了長期抗戰的心理準備，決定一搏。

等待的過程，心慌慌；母親的插管，淚汪汪。擔憂母親腦中風、心疼母親肉體痛。

不能化繁為簡的手續、一百分鐘的空中飛行、榮總屋頂的無法降落，母親跟時間在賽跑。

兩個小時的黃金期，在等待中度過。

母親的昏迷指數，越來越下降。榮總的醫生告知，動了手術，將斷氣於手術台。兄長決定，讓母親留一口氣返鄉。平日暈車、暈機、鮮少出門的母親，在人生將劃下休止符的時刻，這趟出遠門，忍受舟車勞頓，早知黃金期不黃金，外島的醫療不足，「病人不動、醫生動」只是口號。沒有龐大的醫師陣容、亦沒有良好的醫療設施，金門外島不如台灣本島，重大病症，仍需後送，小病醫不死、大病救不活，平民百姓，沒有胡自強夫人的好命，實不該天真的為挽救母親一命、再見母親的容顏，讓母親插管、痛苦。

四月四日，母親回來了。回到她與父親同甘共苦所經營的這片土地——西洪。由大門進入，客廳龍邊處，兩塊「椅橑」，中間橫放四條鋪板，留著一口氣，回家讓子孫見最後一面的母親，臉朝屋內。

拔管時刻，母親痛苦，兒女哀傷。

已陷入昏迷的母親，插管與拔管，意識雖不清，呼吸、肉體有反應。當L型的扳手將嘴巴撬開的那一霎那，一條約二十幾公分長的塑膠之氣管內管，由口中直接插入氣管中，那自然的反射動作，直覺母親就是痛。我看到母親的嘴角滲有血液。當管子接上了呼吸器，給氧，母親微弱的生命，經不起折騰。

拔管，緊閉的雙脣、難過的哀吟，阿彌陀佛聲聲唸，三兄的手輕輕拔。

想一探瀕臨死亡的種種跡象，卻無勇氣書架找尋，尋覓「天使走過人間」，我會想到母親在病床上的模樣。

四月五日凌晨，零點十六分，如睡夢中的母親，聲音有異，當她嚥下最後一口氣，臉上帶著的是慈祥的面容。一生劬勞，卻從未享受人生。家人抽掉一塊鋪板、合力將母親調好位置，臉朝屋外、淨身更衣。手持桃劍、菖蒲斬邪魔、趨鬼怪，而蓮花被則覆蓋於身。

子孫綁「頭白」、著孝服。兒子、媳婦，身穿黑衣裳。女兒與內、外孫，著藍色孝服。裡裡外外，腳底統一著黑襪、萬里鞋。

拿至屋外，由木麻黃慢火細煮的一碗白飯，上面放一顆鴨蛋，擺放頭部方向，插三炷香，兩旁各燃一根白蠟燭。腳尾用一個小臉盆，焚燒「白錢」，口中「阿彌陀佛」唸。

葬儀社漏夜前來，在水床處搭上金黃色的床帳、在入廳處布置小靈堂。

母親後送，即電話告知烈嶼青岐、母親的「外家」。當直昇機載著母親回到故土，兄長們先是電話告知。再遵照舅媽指示，乘船直奔島外島，跪拜、報喪。

天一亮，挑「壽板」，走完人生盡頭，樸實無華的母親，節儉過日，從未享受人生，選個上好的材質，讓她在另一個世界，過得舒適。夜晚的七點三十分，漲潮時刻，「大厝」先到，子孫屋外跪拜迎接，「阿娘，大厝來了！」

水床前，供品祭拜，兒、媳、孫、女……，不得戴眼鏡，免得映光影。男生手心朝下、女生手心朝上，跪拜、叩頭四下。

掀棺蓋，灑白灰粉，庫錢、壽金、港條、元寶……，整齊排列。兒子扶頭、女兒扶腳，母親將住大厝。子孫繞棺一圈瞻仰遺容。「合壽板」，人員迴避。

「吃紅圓」，一人食一點，大富大貴大團圓。

守靈時刻，男生在龍邊、女生在虎邊，「吾母」口中嚷。

每日上、下午，各「奉茶」、更換三色水果一次。

孝眷祭拜兩炷香、來賓捻香則為三炷香。

風兒輕輕吹、靈堂輕煙繞。香爐上、神奇的一炷香，圓了一圈。在這夜涼風飄、略帶寒意的時刻，等待子孫、全員到齊，香灰方散。是永結同心、亦是點到為止？

四月六日，適逢農曆初一，早上五點、下午四點「叫飯」，全家大小，圍繞棺木，哭喊：「吾母，回來吃飯哦！」

「外家」來到，子媳屋外跪迎，入廳，「大厝」旁，哀慟。過一江水，小金未能即時來大金，水床前，見母最後一面，遺憾深深。

「訃聞」，報喪的柬帖：顯妣林門洪氏孺人，慟於中華民國九十七年四月五日（農曆二月二十九日）子時壽終內寢距生於民國廿三年十月十八日（農曆九月十三日）享壽七十有六齡……。

四月十二日，「報白」，父親的生前好友洪先生，擔此大任，到兄弟姐妹的另一半（婆家或娘家）所居住的地方報喪，並在大門處，繫上紅線。

「分白」，以面巾、頭白和紅線，請鄰里幫忙

四月十三日，出殯的前一晚，工作人員聚一堂，分配任務。

四月十四日「出殯」，兒媳的房間，由娘家的媽媽來「顧房」，床鋪擺上蠟燭、香、金箔、

粧粿一粒（上插春花、桔花）、紅圓三粒、飯、（小芋頭圍旁邊）、頭白、面巾、紅線。工作人員將點心端到房間，讓顧房之人食用。她們的任務，是在「大厝」移出屋外後，清掃房間，並於房間上香膜拜、焚燒金箔。待出殯儀式結束，讓她們攜回糕粿一片、紅圓一粒。

出殯當日，九時「接引西方」，兒、媳披麻衣，媳婦腰間繫圍絲裙。女兒與孫女的「頭蓋巾」為「白巾」、外孫女則為「青巾」。五兄弟右手持苦苓，置於肩上。「師公」嘴中唸，教導祭拜方式。接著，靈柩圈圈繞，兒子、媳婦、孫子、女兒……，人人手持三炷香，「鼓吹」和鑼鼓聲伴隨。

十時四十分「開元路」，五兄弟手捧圓形米篩，師公邊唸經文、邊將錢幣灑於米篩裡面，點燃銀紙，對摺後置放錢幣上方，五兄弟同心協力共篩，隨後，師公焚燒銀紙。

五兄弟移動靈柩，生肖龍與虎犯沖，迴避。

「外家」抵達，兒子、媳婦屋外跪拜迎接。入廳，外家痛哭失聲。子孫皆跪，「吾母」、「阿嬤」聲聲喊……低首哭泣，外家扶起。出殯儀式結束後，外家攜回糕粿一片、紅圓一粒。

十一時三十分「動棺出殯」，子孫爬出屋外。長孫手持「白幡旗」、內外孫手持「五色旗」。

「掃廳」：連日來，屋宇不能打掃，動棺出殯後，請一位婦人打掃廳堂、燒金箔。

靈堂莊嚴肅穆，輓聯、鮮花、高架花籃、罐頭塔、花圈、棉被、毛毯、花車。先家祭、後公祭。

家祭依序為兒子、孫子、媳婦、女兒、孫女、外孫女、外家女眷、烈嶼外家、女婿、親家翁。

公祭依序進行，主祭者就位、與祭者就位、陪祭者就位。上香、獻酒、獻饌、獻果、行祭禮（三鞠躬）。孝眷致「答謝禮」一拜。

一位母親同鄉、同村的鄰居，擔任民意代表多年，「阿姐」長、「阿姐」短，平日公務繁忙，每到選舉，走一趟窮鄉僻壤。念舊的母親感懷在心，「人不親、土親」的思維，人情相挺，無論身體有多麼的不適，一定上投開票所，為他投下神聖的一票。然而，此時此刻，身在何處的他不見蹤影。

「移靈引導車」駛前方，鑼鼓、西樂、托燈、五人鼓隊、魂主轎、師公、外家、宗親、鄉親……沿路送行。

「半路祭」，三位女婿，頭一位彎身掀毯、蓆。上香、跪、拜、再拜、三拜、四拜、升；再跪，伏進、酹酒……。

孝眷跪辭外家，外家扶起。孝眷上「靈車」、扶靈。

乘坐「魂主轎」的長孫，於抵達公墓後，更換帽子、衣服與鞋襪。於返家後，給一份「長孫禮」。

媳婦則每人拿一件婆婆的衣裳做紀念。

棺木放進金湖公墓的墓穴，母親將長眠於此。

母親洪氏，烈嶼青岐人，媒妁之言、父母之命，嫁至烈嶼鄉上林村的下林，冠上夫姓，踏入夫家的那天起，與父親同甘共苦，建立了一個幸福美滿的家園，孕育八個子女（五男三女）。

林家一塊建地、上有古式建築物，叔伯共居。三塊農地，種植農作；濱海則有海蚵與紫菜。母親每日晚睡早起，與父親胼手胝足，炸油條、發糕、紅圓、春捲、麵粉餅……，應市場所需，亦貼補家用。而爐造每日用、柴火燒得兇，砍柴耙草費力氣，防空洞上面的「黏阿膠」與黃牛灑下的「牛屎箍」，晒乾後，資源利用當柴火。

飼家禽、養家畜，雞籠裡的母雞與公雞交配後，產下的蛋，用臉盆盛裝，一段時日後，夜晚時刻，母親關起房門，點上蠟燭，微弱的燭光照蛋影，蛋裡頭有一點黑影，表示「有形」，可讓母雞孵小雞。其它的「無形」，在經濟拮据的年代，是孩子最好的補品。拿一塊小碗，打蛋花、添加一些鹽巴，用煮沸的熱開水沖泡，空腹時飲下。

母雞孵蛋時，最怕雷公閃電，此時，要趕緊拿斗笠蓋住，才能讓小雞平安孵出。

蛋生雞、雞生蛋，綿延不斷的生命力，都是財源的所在。但孩子的成長，需要營養，母親會挑幾隻上選雞隻，用「白殼」發酵，將糯米塞於雞腹，再用針線縫合，煮沸後，雞肉、雞腿讓孩子們享用。她與父親不是啃「雞骨」、就是食那不能下蛋的老母雞。

豬欄裡的豬隻，食量越來越大，由大金托運至小金的「豆餅」，大刀薄薄削、浸水當豬料，成本太高。母親每天利用時間，上山採野菜、下海採青苔。田裡的蕪青、芋梗、地瓜葉也是最好的食材。

生肖屬雞的母親，和父親一樣，歷經「九三」、「八二三」、「六一七」等多次砲戰，閃炮火、躲防空洞，背著兒子、拉著女兒，又跑又爬，還得跟著出任務，用破臉盆，裝著撿拾而來的石頭，交給上級。

戰爭落幕，母親餘悸猶存。對岸的「單打雙不打」，逢單號，母親要兒女們迅速躲入防空洞。畢竟，砲彈不長眼，當耳聞有人被擊中，終身遺憾，徒嘆奈何！

防空洞積水的高度，有好幾個階梯，為戰事需求，再怎麼忙，亦要拿著水桶，將水汲走。有時，洞底長青苔，要用「掃把頭」一遍遍的刷過，再用清水洗滌、抹布擦拭。冬暖夏涼的防空洞，除了躲炮火，亦是孩童平日嬉戲的地方。裡頭雖然陰森森，拿著手電筒照射，人多壯膽，就不那麼怕了。

唸小學時，對岸的宣傳單曾讓我得到一張獎狀，學校明文規定，撿拾宣傳單繳交，到達一定數量，頒發獎狀。晚間聽那毛骨悚然的砲聲，隔日一早，出個門，絕對滿載而歸。三十年前的往事了，這張已經泛黃的六十三年「上岐國民小學」、交匪偽宣傳品的優勝獎狀，至今仍然珍藏著。

母親長得美，但命運跟長相沒有劃上等號。身為娘家的長女，辛苦耕耘；嫁給從小父母雙亡的父親，又一貧如洗。

在家從父、出嫁從夫、夫死從子。母親就是這樣一個三從四德的女人。

尚未出娘胎，不知母親艱辛的過去，曾聽雙親提起，兩人披荊斬棘的歲月。阿公阿嬤走得早，無依無靠的父親讓人瞧不起，磨破腳皮為爭一口氣。

人長得帥，命不一定好。英俊的父親，三歲無父、十六歲無母，拮据的日子，買不起「壽板」，為親人下葬。走了許多地方，嚐盡人情冷暖。終於，有一戶人家，幫了大忙，令父親一輩子難忘。父親靠著一己之力，無分晝夜地打拼，還清了「棺材債」，亦存足了「老婆本」。

雙親共組家庭，少了長輩的呵護，生活比一般人來得艱苦，母親與父親肩併肩，攜手打拼為前景。

父親上山耕作、母親跟在後頭。「種土豆」，踩腳印、灑「土仁種」、耙土、鋤草、再至收成時的拔花生、採花生、煮花生、晒花生。剝「土豆仁」的價格比較好，母親為了提振我們這些孩子的工作效率，會在生土豆裡、放一些熟花生，嘴饞的孩子，剝得更起勁了！

琳瑯滿目的「安薯種」，雙親對五十七號的品種，情有獨鍾，無論切地瓜片、「剉安簽」、「磨安薯粉」，都有人購買。或許來自遺傳，現在的我，亦特別喜歡吃五十七號的地瓜，無論炸薯條、煮地瓜湯，那種甜膩膩的感覺真好。

玉米，是主要的作物之一，除去玉米葉與玉米鬚，在太陽底下晒乾，左右手各持一穗玉米，兩穗摩擦，玉米粒很快地脫落。母親小心翼翼地用麻袋盛裝，拿至一處有碾米機的商家，磨成粉，與麥片一起下鍋熬煮，依個人口味，決定加糖與否。

看潮汐，父親下海鏟蚵、母親穿著「水鞋」、挑著竹框，走「水路」，在蚵石上面削蚵，再將一簍簍的海蚵用海水淘洗，挑了回家，在蚵桌上以蚵刀剝蚵，沒有浸水、粒粒肥美的鮮蚵，裝入鐵罐，深受鄰近的村民喜愛；平日慰勞三軍將士的「特約茶室」，更是捧場，她們需要充裕的營養，我們則供應充足的海蚵。

母親擅長海蚵的料理，常見的有海蚵炒米粉、海蚵煎、蚵仔麵線、海蚵紫菜湯、蚵仔炸、蚵仔酥、蚵仔嗲、海蚵豆腐、炸春捲。有一點難的是「海蚵煎」，地瓜粉加水調勻，蒜苗、芹菜、高麗菜切成細末，海蚵洗淨，與前者攪拌均勻，加入調味料。起油鍋，爆香，倒入所有材料，翻面，煎熟後盛起。這道美食，如煎不好，容易糊掉，火候要適中。

而「蚵仔嗲」亦是一門大學問，將海蚵、豆芽菜、紅蘿蔔、高麗菜、蒜苗等材料備妥。麵粉糊調勻。起油鍋，將「白鐵店」特製的勺子先入鍋加熱，麵粉糊均勻置入勺子中，放入食材，最上面再淋上一層麵糊，下鍋油炸，烈火轉細火，兩面呈金黃色，即可起鍋。可依個人喜好沾醬。

海邊的「尖形螺」，是阿兵哥的最愛。母親撿螺回來，用刀背剁下尾部尖尖的地方，洗淨、快炒，加入蒜頭與辣椒，用袋子分裝，讓兄長們拿去營區附近賣。看阿兵哥邊走邊吸螺肉、那津津有味的樣子，就是好吃！

從小跟在母親身邊，看她「起火」，先點燃一些木麻黃和小樹枝，加上煤炭，開始「拉風櫃」，右手拉瘦換左手、左手拉瘦換右手。我的小手比較使不上力，拉了老半天，「灶坑」常是煙霧瀰漫，還是要勞駕母親幫忙。

「刮鼎」，柴火燒，煙灰厚厚一層，母親用「草除仔」輕輕刮，刮去鼎背的黑煙灰，烹煮時，既省柴火、鼎底又熱得快。刮鼎刮淨後，地上留有一個黑色的圈圈，用「草除仔」劃一下。

母親的手藝，嚐過的都讚賞，「菜粿」很多人都喜歡。以包「春捲皮」的餡料為主要食材，雞蛋、五花肉、豌豆莢、菜球、高麗菜、紅羅蔔、豆干、海蚵、蒜苗、芹菜等，切成絲。起油鍋，蔥頭爆香，以上食材炒熟。地瓜煮熟，盛起，磨成地瓜泥。揉少許麵糰下水煮熟。加入麵粉、太白粉、地瓜泥，加水揉成麵糰、待醒數分鐘。小麵糰搓成圓形，將冷卻了的食材包入其中，麵糰對摺、封口固定。水滾，菜粿置入蒸籠，約二十分鐘即可蒸熟。

睡眠，對雙親來說是奢想，「沒日沒夜」就為一個家。父親「踗粿」、母親扶桌；父親炸油條、兩相好，母親要注意發酵的時間、火候的控管。

形狀像極草繩一般的麻花，謹慎的拿捏，油炸時，邊翻面，表皮呈金黃色，快速撈起。二砂糖在鍋中拌炒一陣，炸好的麻花下鍋，與二砂糖合而為一。那些因攪拌而斷成好幾塊的麻花，都進了這些小鬼的五臟廟。

花生糖的製作：依稀記得，使用的材料為花生、麥芽等，雙親在鍋中做了基本步驟，而後倒在木板桌，用一塊特製木板磨平，再用大刀切掉四周不平的地方，然後先一條一條的切、再一小塊一小塊的剁，冷卻後，秤重量，裝入一袋袋，點燃蠟燭，用小鋸齒封住開口。

麵粉餅：先將花生炒熟，冷卻後去皮，用酒瓶將花生米壓碎，越細越好，與二砂糖拌勻。麵粉慢慢加水，揉成麵糰，每一小撮搓圓，花生與二砂糖包入其中，再將麵糰搓成圓形，餡料不可外露，用酒瓶壓平。熱鍋，放入少許油，麵粉餅輕輕放，正面煎、反面煎，煎至金黃色。

「發粿」：發粉、麵粉、地瓜泥，三者合一的發粿，有大有小，母親的巧手，不需用刀劃，「粿頭」自然裂！

「紅龜粿」：餡料有花生與豆沙。糯米粉加少許「紅花米」，揉均勻，分別包入花生或豆沙，在「粿印」上輕壓，依序排列於「粿紙」或「粿葉」，水滾，放入蒸籠蒸熟。蒸熟後，趁熱在紅龜粿上方，抹上一層油，食來口感佳；亮亮的感覺，亦增加賣點。

年糕：糯米浸水泡軟，經過碾米機磨成粉，如米糊一般，以麵粉袋盛裝，用石頭壓乾水分，定型，即成塊狀的糯米粉。年糕就是由糯米粉、二砂糖或白糖，組合而成。一斤糯米粉、一斤糖，加水拌勻。「菜盆」裡面，墊一張「粿紙」，將前者盛入其中，約八分滿。水滾，放入蒸籠，時間約一炷香。

慶幸自己，當了母親的女兒，從她那裡，學了一些手藝，在走入婚姻、邁入人生另一階段時，學以致用。而遺憾的是，漏學了很多，如有下輩子，期望共續前緣、再當母親的女兒。糲粩、米香、寸棗糖、土仁粩、貢糖、麥芽糖……，製作方式，或許當時年紀小、亦或許不專心，我忘記了。

凡此種種，用水很兇，母親每天早晚，要到井邊，挑數十趟的水，倒在庭院的水缸。紅紅的肩膀，痛！但她不吭一聲。

孩子多、換洗衣服也多。井旁的婦女，邊洗衣服邊磨牙。家家農事多，此際，是培養鄰里感情的好時機。母親每天都要洗上一個大臉盆的衣服，水桶汲水，一遍又一遍的清洗，住家前面，有座堆積如山的石頭，爬到石子上面，將衣服一件件地甩平、鋪晒。下午了，再拿大臉盆，一件件收起。碰到重要的節日，衣物要整燙，家裡煮的是大鍋飯，母親將衣物攤平，至於桌上，裝著八分滿稀飯、那熱騰騰的鍋子，當熨斗般使用，效果不錯哩！

濱海而居的家，雙親經營了一間小雜貨店，菸酒、什貨、五金、金箔。當父親每天騎著那一輛二十八吋的「鐵馬」，後座載著用竹子編織而成的籃子，在烈嶼的各村落做生意時，母親忙著年節的需要，由「天公金」、「佛祖金」，從大太極、壽金、改年……，按年節拜拜之所需，一份份的撿好、綁妥，除擺在店裡賣，亦讓父親出門「走擔」時，攜帶方便。

「不二價」是雙親做生意的規矩，他們不哄抬物價，烈嶼這個島外島，走來走去，見了面，不是親人、就是朋友。所以，抱持著薄利多銷的態度。

小金門有一位賣「好吃糖」的阿伯，每隔一段時日，他會老遠的來到村莊，用手推車裝載著孩童愛吃的「好吃糖」，那種有點像現代牛軋糖的好吃糖，白色的、吃起來會彈牙，是孩童的最愛，鮮少有人用錢買，都是拿家裡的破銅爛鐵來換。鄰居的孩子臉盆一個接一個的換，看他們津津有味的享受著甜膩膩的滋味，眼睛看、嘴角都要流口水了。突然，聽到鄰居的阿嫂大嚷：「夭壽死囝仔，好的臉盆也拿去換糖仔！」這時，慶幸自己沒有因嘴饞，而拿家裡的好臉盆出去換糖吃。此時，善解人意的母親，從麻袋取出一個破菜盆，交到我的手上，輕聲說：「拿去換好吃糖分弟妹吃。」這些看來不值錢的破銅爛鐵，是母親撿拾而來，論斤計兩要出售貼補家用的。

「燒酒矸」亦是財源來處，戰士們喝完可樂與沙士，順手一扔，勤勞的吃力、懶惰的吃痰。將空瓶子洗淨、晾乾，等待商家上門搜購。

「枝仔冰」在夏季很盛行，到東林街批發，賺取微薄的利潤。沒有冰箱的年代，防止冰棒融化，父親用木條釘成一個箱子、母親用麵粉袋一層層的包裹，有賣有賺、沒賣給孩子解饞。

當家裡有一台小冰箱，不必再去跟商家購買，冷凍庫就是製冰的最佳處所。燒開水冷卻，煮綠豆、紅豆或泡酸梅，裝進冷凍袋，整齊排放於冷凍庫，數個鐘頭後，水凝固，各種口味的冰棒，存放冷凍庫，既方便、又不怕除霜之後會融化。

住家附近，駐守一連的部隊，每天清晨，擴音器準時傳來「中國一定強」、「梅花」、「黃埔軍魂」……等軍歌，號角一響，誰也不許賴床。常常看到阿兵哥，從濱海那處碉堡，快速跑向連部早點名、出操。那個年代，軍人不好當呀！濱海大道，跑步太慢的阿兵哥，太累了、太慢了，在地上被拖著前進，穿著短衫短褲的時候，膝蓋破一層皮呢！有時，他們來到店裡，雙親會幫他們擦藥，囑咐他們傷口別沾水。但濱海一帶漲潮時，看士兵捲起褲管，涉水而過，衣裳濕了、碉堡泡水了，可憐父母不在身旁的士兵，既要處理善後，傷風感冒，自求多福。

偶爾，嚐到阿兵哥的「軍用口糧」，厚厚的口糧、聞起來香香的，裡頭還有薑糖、梅子粉、牛肉乾，比民間製作的「番仔餅」好吃多了。軍用的豬肉罐頭、鰻魚罐頭，拿來炒米粉，口齒留香。現在，三不五時有機會品嚐，感覺和小時候的口感差很多。軍用口糧，包裝變了、內容物亦換了。豬肉罐頭油膩膩，鰻魚罐頭也不如以往。

犒賞駐軍戍守前線的辛勞，阿兵哥看電影，百姓家中無電視，忙完農事、吃好晚餐，隨身攜帶椅子，到離家約一百公尺的連部觀賞電影。爬幾個樓梯，廣場上，阿兵哥已坐著綠色的鐵椅，鴉雀無聲地等候電影放映。大人則扶老攜幼，先來的先佔位置，選擇一個視線佳的地方。道具架設齊全，先試片，黑壓壓的廣場，只見一面白色的布幕，燈光投射，嬉皮的小孩，萬頭鑽動，布幕則黑影晃動。當電影開始放映，「唱國歌」，全體肅立，軍民忠黨愛國。劇情的播映，「兩秦兩林」最有觀眾緣，秦漢、秦祥林、林鳳嬌、林青霞，只要有天王與天后主演的戲碼，口耳相傳，擠爆廣場。太後面來的人，還要踮著腳，晃頭晃腦左右看。再不，看不到影像，就豎耳聽聲音囉！

年節時，阿兵哥會舉辦軍民同樂會，邀村裡的民眾同歡唱，有一位長得像明星、皮膚白皙、長髮披肩的小姐，很會唱「別讓我孤獨地在燈下徘徊，別讓我寂寞地……」，只要她出席，勢必歡聲雷動、高潮迭起，而她家的生意亦特別好。

五、六十年代，座車不普遍，「腳」是最好的交通工具，娘家有「世事」的時候，母親會帶著我們，從下林出發、上林、上庫、再到石鼓山、青岐。穿過了一條小巷，外婆就坐在古屋外頭的石臼處，當「阿嬤」的聲音在空中迴盪，外婆瞇著眼、開心的笑著。駝背的外婆，戰爭時，房屋倒塌，被壓彎了脊椎，幾十年來，駝著走路，備覺辛苦。

外婆帶領著我們到祖廳，從天花板上的掛勾，取下了吊籃，裡頭裝滿著「粿乾」。祭拜後的發粿，用刀切細片，軟軟的粿片，經太陽曝晒，成了乾糧，咬起來有嚼勁、吃起來「喀嚓」聲在耳間迴盪。

外婆走後，母親悶悶不樂，母女情深。憶及外婆，母親將淚當飯吃。外婆雖高壽，母親依舊不捨。

由小金門到大金門、由九宮碼頭到前水頭，母親跟著父親，帶領一家大小，前進「西洪」。

受苦受難的歲月，母親任勞任怨，沒有一句「苦」字。她與父親，帶頭示範，兄弟姐妹學習耕耘，不敢怠慢。努力的結果，一公頃半的土地，飛沙走石成良田。

初到西洪，人生地不熟，凡事須從頭。一股「只許成功、不許失敗」的力量，鞭策著全家人。「墾荒」，是一樁艱辛的任務。人力與財力的耗費自不在話下，雙親將存款傾囊而出，從不賭博的他們，就賭這一次。

建屋、鑿井、客土改良。睡覺有地方、飲用水有著落、農作物有收穫。盤算的結果，子女多，一棟房子不夠住，再蓋一棟，反應成本，空心磚自己打模、自己製作，水泥拌沙和水，一塊塊的空心磚排滿著道路兩旁，等太陽晒乾。緊接著，豬舍、牛舍、雞舍、倉庫，一一建造。

豬舍裡養的小豬，比在烈嶼多出好幾倍，母親每天準備一桶又一桶的餿水，餵食著豬隻，既要幫豬洗澡、又要洗豬舍。當牠們逐漸長大，登記配售後，扣除再購豬仔的成本，所賺的利潤，至銀樓買金飾，為將來娶媳婦用。

黃牛耕田，母親每天牽牛吃草、提水止渴。家裡的田地，非牛不可，母親感懷於「牛」幫了大忙，總是細心呵護著。

倉庫旁的五棟雞舍，飼養著肉雞，全家人戮力以赴。進了雞舍，雞毛滿天飛、雞糞沾滿鞋。夏天灑水、啟開電風扇；冬天保溫、帆布圍四周。市場供不應求，有賺頭；遇上滯銷，皺眉頭。清晨全家人起個大早，凌晨二、三點，冬冷夏熱，圍在一起，燒熱水、剎雞血、除毛、剖雞腹。清晨時刻，搶攻市場與村莊，男生騎機車載出去兜售，我則騎著那輛淑女車，在附近的村莊叫賣。用手除雞毛的動作，終究太慢，雙親思考，養雞有利潤，亦有風險，滯銷時候，必須自己屠宰，而買了一台「除毛機」，縮短了許多時間，大家也輕鬆許多。雞糞則是用來當肥料，每賣出一批肉雞，雙親就帶領著我們，力氣小的牽飼料袋、大的用鏟子將雞糞鏟進飼料袋，一袋一袋綁妥，這是田裡最好的肥料，用不完，還能賣錢哩！

羊咩咩，「立冬」進補好口味。西洪的青草鮮翠欲滴，一隻隻的黑羊成群結隊。牠們不吵、不鬧，在廣疇的綠野徜徉。

草叢是蛇出入的地方，據說蛇怕鵝。家裡養白鵝，白鵝美、鵝蛋大、亦會啄人。養鵝時，母親怕我們被啄傷，不讓我們接近，總叫我們離得遠遠。

西洪的土地，由乾枯到肥沃，這是全家人同心協力、苦心經營的成果。父親累、母親也累，時下喊得出名字的農作物，幾乎都種過。

「一斤高粱一斤米」，總動員、拼現金，從播種、篩撿、收割、曝晒……，錢好賺，但每每接觸、皮膚好癢。記憶猶新於大熱天的頭戴斗笠、身穿長袖衣裳，用畚斗裝著高粱粒，在太陽底下，順著風勢「牆落穗」，去蕪存菁，臉部熱燙燙，身子癢癢癢。

早年，家人的衣裳，母親一針一線、自己縫製。隨著時代進步，至市區購買，但念舊的母親，「中國風」的服飾仍然穿著。幾套漂亮的現代服，出門穿、回家立刻換掉。

果園的栽培，挖坑、植種苗、澆水……，全家總動員。果樹長得比人高，隨著季節更替，各式水果新鮮採擷，辛苦有了代價。看母親包著頭巾，穿梭於果園，修枝剪葉，蒼老的臉龐、起繭的雙手，都是為家園付出的結果。

居處偏僻，諸多不便，雙親有感於此，父親特書面函請長官幫忙：「一、民乃一墾荒者，農田因排水溝不良，致大雨來襲、積水成災，懇請政府幫忙改善排水設施，以利農作生長。二、本村道路崎嶇不平，懇請政府鋪設路面，以利農民於出售農作物時，方便對外交通。三、居處偏僻，對外聯絡不便，請早日裝設電話，利於對外聯絡。」

排水溝改善、路面鋪水泥、電話也裝設了。偏僻的地方，雖然依舊偏僻，卻方便許多。

小金雜貨店的「貨底」，運至大金，繼續雜貨店的營業。駐軍多，冰果、什貨、小吃、撞球、洗、修改軍服……，有了豐渥的收入。現在駐軍撤離，又有了貨底，偽裝帽、草綠內衣、黑紗帶……，賣不出去，當紀念了。雜貨店亦走入歷史，取而代之的「煙酒牌」，也跟著煙消雲散。曾經，菸酒牌的利潤，風靡全島，有些人家，妻離子散般的拆戶口，豬舍、牛舍、雞舍、鴨舍，釘得上門牌，就有「戶長」站崗。母親堅持不拆戶，那些利潤雖可觀，卻比不上一家人戶籍在一起的親切感。

當政府釋出利多，以家戶為配酒對象，島上家戶又是一陣「拆」。母親仍然堅持，一輩子賺多少，天注定，不需如此大費周章。

「榮民就養」如火如荼的展開，亦是榮民的母親，不跟風潮流行，她認為「錢夠用就好」。

曾經，一群不良少年到西洪滋事，雙親與兄長為了捍衛家園，付出了代價。我雖是金門女兵，出操、打靶，不落人後。但見此狀，平日的訓練，派不上用場，立刻飛奔至附近營區討救兵，某連長獲知，立刻帶人前來，將不良少年繩之以法。父親見了我，憤怒地指責：「汝死到哪裡去？」幸好母親即時解圍。不太有父親緣的我，常是「有功無賞、打破要賠」。

家人有難，我豈能袖手旁觀？但紅顏禍水的我，害苦了那位連長，滋事的對方，有後台。連長被約談、調職。年輕有為的優秀軍官，有著大好的前景，可是……。事隔多年，仍舊耿耿於懷。當年沒有勇氣家庭革命，聽他的提議，跟他回台，報恩於他的出手相救。「忘恩負義」的女子，期望沒有摧毀他的前程。

父親罹癌過世，母親搥胸頓足，感情甚篤的夫妻，天上與人間，兩地思念。

獨居的母親，生活自理，每天養養土雞、種種青菜，與青山為伴、與綠野為鄰。

父親遺留的現金，遵照遺言、蓋了樓房。鮮少出門的母親，守著家園、守著愛。

省喫儉用的母親，從未考慮自己，她總是把最好的留給子女。省自己的腸、儉自己的胃，不忘回饋社會。吃「早齋」二十幾年的母親，從未與人爭長短，燃燒自己、照亮別人，是她一生的寫照。

父親走了、母親亦走了。探首母親的房間，那張陪伴母親數十年的「鐵面床」已拆除，空空蕩蕩的屋宇，再也見不到母親的身影。

客廳兩側，右邊懸掛父親的遺照、左邊懸掛母親的遺照。那天，當我拿著母親的底片到照相館沖洗的時候，從電腦螢幕端詳，千叮嚀、萬囑咐，要清晰、要漂亮。母親一向嚴謹，做事有條不紊，我是她的女兒，以她為榜樣，不能敷衍。

「頭七」，夜深露重上墓地，心不驚悸、身不顫慄，滿腦均是思母之情。祭拜「土地公」與「墓爺」後，在母親的墳前，擺上祭品，「吾母」口中嚷，她是否聽見？當焚燒衣物給母親時，「阿娘，這些要燒給您的……」

返家，「阿娘，回來哦……」

大廳祭拜神主牌，再豐盛的祭品，母親吃不到呀！人手三炷香，要母親回來吃飯，母親，您回來了嗎？

頭七之日，男的理髮、女的挽面。猶記年輕時候，母親幫我挽面的畫面，先在臉部塗上一層「椪粉」，一條細線，分別纏在左右手的手指；中間部分，母親含在嘴中，從額頭、臉頰、下巴、耳後，再至修眉毛。完成後，臉嬌嫩嫩地，用「雪花膏」均勻塗抹，攬鏡自照，驚嘆於細膩的肌膚，多了幾分神采！

駐顏有術的挽面之術，我沒學會，沒人敢當白老鼠，讓我試驗「挽臉」，據說，挽不好，皮膚會受傷。這門功夫，市面少有，足見即將失傳，後繼無人，殊為可惜！

現在，無論自己、還是孩子，解決臉上的汗毛，惟獨刮鬍刀。手勁拿捏，雖然輕輕刮，但那刮過毛細孔的痕跡，越來越粗，不塗個乳液之類的保養品，毛孔會越來越粗大，能看嗎？穿孝服的日子，不太透氣，再加熬夜，背部冒出一顆顆、猶如青春痘的東西，原來是「毛囊發炎」，很擔心會留下痕跡。藏在衣服裡的背部，都擔心的不得了，何況是這一張臉。

「四九日」、「百日」、「對年」，祭拜的時候，母親會回來嗎？

母親長年思念父親，已「手持手巾去找夫君」，人間不如意，祈禱上蒼對母親多憐惜。思君多年的母親，是否已在另一世界，與父親相會？

「後浦」的「三姑」為陰陽兩界代言。陽間不知陰間事，親人往生，追思之情靠「三姑」。然而，今非昔比，已覓不著這號人物。小三通之後，腳步紛紛往外移，到對岸找尋這心靈的寄託，且能攜回錄音帶，讓無法前往的親人，一解思念之情。

一年習慣燙髮兩次的母親，離夏日的燙髮時間，尚有一段距離，今年提早燙了頭髮，又告訴在台的兄長，清明節要回金門，不知母親是否早有感應？而過年期間，給孩子的壓歲錢，今年包得特別大，當四個孩子從外婆手中接獲紅包時，習慣性地交給我這個做媽的，打開一看，四個孩子加起來的總數，是母親一至二個月的生活費。捨不得取走母親的血汗錢，原封不動地還給了母親。母親紅著眼眶，問我是不是嫌太少？我告訴她，父親走了，她沒有收入，這是她省吃儉用存下來的，我不能自私。母親哭了、我亦哭了，大年初二，母女哭成一團。就在淚灑衣襟的時刻，脫口而出，要母親保重身體、健健康康的，母女常相見。

言猶在耳，母親卻已走遠。

我沒了父親，可以回娘家找母親。現在，母親亦沒了，大年初二的回娘家，到哪裡去找尋？找尋我慈愛的母親？

母親的走，來得突然，沒有遺言。

我要母親夜夜入夢，久盼不著。當淚濕衣襟，朦朧的雙眼，為母流淚。

夜半驚醒於母親插管的畫面，天國一方，母親，您還痛嗎？溫馨的五月，一首首歌頌慈母的歌，唱了又唱。人人手中一朵康乃馨，獻給慈愛的母親。我的母親，人在何方？手中的康乃馨，獻向何處？

雙親曾經相約，辛苦了大半輩子，沒有好好地玩過，等孩子大了，無後顧之憂，要一起旅行。這個夢想，尚未實現，父親就在榮總手術後半年，先走一步。

數年後，母親同樣走榮總一遭，再到天上與父親相會。鶼鰈情深的雙親，如此空中飛行，是信守當年的約定、亦是巧合？

慈眉善目的母親，有苦自己吃、有福大家享。「做佛」之前，自己打理了一切；做佛之後，亦不需後代煩憂。一輩子吃苦受罪，都為別人設想。

人丁單薄的林家，雙親大開「白花」與「紅花」，多子多孫多福氣的思維，累垮了雙親。年輕時候，為生活打拼；年紀大了，又無享福的命。

父親六十八歲、母親七十六歲，一前一後的走了。他們在天上，做神仙伴侶；我們在人間，低首飲泣。

輕吟五月，季節溫馨。

低頭思母，母在何處？

敬愛的母親，想您……。

烈嶼姑

無論是兵馬倥傯時期或太平盛世；無論是商業鼎盛的市區或偏僻小村落，在金門這個蕞爾的小島上，像烈嶼姑這樣的角色，是不能缺少的。

一、

聽村中長輩說：叔公為了生計，在日本鬼子入侵的那年，拋下嬸婆以及仍在襁褓中的烈嶼姑，跟著一位遠房表親「落番」去了。而多數鄉親謀生的地方，不是新加坡就是馬來西亞，不識字的叔公，卻在印度尼西亞的一個小島上落腳，受雇於一家遠洋魚行，幹上比一般「苦力」更辛苦的漁工。但嬸婆只收到他一封平安信，而後就音信杳然、生死不明，留下她們母子三人相依為命。於是，嬸婆捲起褲管，每天軋車、牛、犁、耙，靠先人遺留下的那幾畝旱田，種些蕃薯花生、五穀雜糧，餵養些家畜家禽，每天與田地為伍、與山海為伴，一心一意只想把孩子拉拔長大，甚至冀望有一天，失聯的夫婿能平安地回到她和孩子的身邊，共享天倫之樂。

然而，一個月、兩個月過去了，三年、五年也過去了，依然沒有叔公的消息。嬸婆是一個傳統的金門女性，在她的觀念裡，仍舊守著：「在家從父，出嫁從夫，夫死從子」的古訓；並時時刻刻以「婦德、婦言、婦容、婦功」自勵。因此，她犧牲自己的青春，換取孩子的成長，雖然生活的重擔壓彎了她的脊柱，但只要看到孩子平安地成長，她的心願已足矣！

儘管烈嶼姑沒有受過正式的學校教育，但自小聰穎過人又勤奮，當她懂事後，聽說村裡的文清叔公，不僅讀過好幾年的私塾，也曾經在學堂教過書，好學的她，就經常地向他請益。文清叔公雖然飽讀詩書，但其觀念仍停滯在古老的思維裡。

「查某囡仔讀書無路用啦，還不如利用時間，去學點女紅較實在，將來不愁吃穿，亦不必擔憂嫁不到好尪婿。」文清叔公開導她說。

「文清叔公，讀點書，可以知道很多為人處事的大道理，將來才不會『烏肚番』；識此字，長大才不會成為『青暝牛』。您只要教我讀『人之初，性本善……』、教我寫『上大人，孔乙己……』那些篇章就可以了，其他我會慢慢來學習。如有不懂的地方再請教您，不會耽誤您太多時間的。」烈嶼姑誠摯地懇求著說。

文清叔公微微地點點頭笑笑，雖然沒有說話，但烈嶼姑卻已意會到他老人家默認的語意。

「謝謝文清叔公。」烈嶼姑突然雙腳跪地，恭恭敬敬地向他叩了三個響頭。

「戇囡仔，快起來，快起來！」烈嶼姑的懂事理，文清叔公的嘴角，泛起了一絲笑意，趕緊將她扶起，而後愛憐地看著她，內心深處被她那份好學不倦的精神所感動。

烈嶼姑平日必須上山耙草摘野菜，又得協助母親料理家事，儘管文清叔公有心教導她讀書識字，但因自己的時間有限，不能專心一致地跟隨他老人家學習，幾年下來，依然停留在三字經、千字文那些範圍裡。然而若與同齡的孩童相較，她已非大字不識一個的「青瞑牛」，甚至，還從他老人家口中，知道許多攸關島上的民情風俗，以及婚喪喜慶的禮俗。而這些民情風俗，對一個未出嫁的姑娘來說，似乎沒有多大的用處。女孩子長大後，除了家事外，倘若會刺繡、懂縫紉，再加上貌美和規矩，三不五時就會有媒婆上門來說親，嫁一個有錢的「好尪婿」乃指日可待。

二、

民國四十八年，也就是「八二三」砲戰的翌年，儘管共匪的砲火依然在島上的每一個角落肆虐，但在嬸婆的作主下，二十歲的烈嶼姑憑著媒妁之言，竟然遠嫁到一水之隔的烈嶼鄉。因為經過嬸婆打聽，洪家男女主人在其獨子木榮五歲時，就遠赴汶萊經商，把孩子留在家鄉與高齡的老母親作伴，每月則按時寄回一筆為數可觀的生活費，供「嬤孫仔」兩人使用。然而向來勤儉慣了的阿嬤，除了生活費與孫子的學費外，並沒有把兒子寄回的錢揮霍掉，偶而地還會把餘款資助或借予少數需要幫助的親友，看在那些靠天吃飯的莊稼人眼裡，他們這一家是不折不扣的富人，也是島民俗稱的「有康人」，老阿嬤更是「活菩薩」、大好人。

洪家除了富有與人口單純外，木榮在阿嬤的調教下，雖然不是十全十美，卻也中規中矩。初中畢業後，為了陪伴年邁的阿嬤，並沒有繼續升學，而後經人介紹，在鄉公所謀得一份幹事的工作。公餘也在自家的耕地上，種些農作物，對阿嬤更是晨昏定省、百依百順，村人莫不誇讚他是一位孝孫。而早日為他討一個門當戶對的媳婦，則是阿嬤的心願。烈嶼姑就是在雙方家長四處探聽與媒婆的撮合下，與洪木榮結成連理的。

婚後的烈嶼姑，並沒有因夫家大富大貴而慵懶。相反的，她充分地發揮金門婦女勤奮節儉的精神，以母親為學習的榜樣。無論是上山耕作或下海撿螺，無論是餵養家畜或家禽，無不全神貫注、全身投入，未曾說過一個累字。與鄰人相處亦是那麼地和睦融洽，從未與人高聲地爭辯過。侍候阿嬤或對待夫婿，更是以她那顆誠摯善良的心相待，沒有一句怨言。雖然距離娘家有一水之隔，但她依然會適時抽空回去探望母親，每逢年節除了禮物外，也會另給母親一些零用錢，讓她無後顧之憂。她這番孝心，的確讓母親感動、讓村人讚賞。

然而，即使她已為人妻、為人母，但依然保有一顆赤子之心，每次回娘家，總不忘為那群堂侄兒、堂侄女或鄰居的孩子們，帶些他們最喜歡吃的「李鹹糖仔」。當孩子們從她手中接過一大把「李鹹糖仔」時，總會興奮而高聲地尖叫著：「謝謝烈嶼姑！」

在村裡，她們家可說是一個大家族，為了避免混淆、方便稱呼，對嫁出去的女兒，往往會冠以地名。嫁給「后浦」的，就叫「后浦姑」，嫁給「沙美」的就叫「沙美姑」……。然而，在孩子們幼小的心靈中，無論是后浦姑、沙美姑、料羅姑或湖下姑，是完完全全不能與烈嶼姑相媲美的。因為在他們心目中，她是一位和藹可親又漂亮的小姑姑，對他們從不疾言厲色，除了給糖吃、過年給紅包外，還經常告訴他們一些為人處世的道理。雖然他們小小的心田，無法完全體會出她的心意，相信隨著歲月的累積，長大後勢必會有所領悟。於是，「烈嶼姑」這三個字，早已取代她的名字，牢牢地深烙在他們的心中，永永遠遠都不會忘記。

三、

阿嬤因季節的變化而受了一點風寒，已經躺在床上好幾天了，烈嶼姑更是不敢怠慢和輕忽，暫時放下田裡的工作，從早到晚陪伴在她身邊，寸步不離。除了餵她進食外，復又用熱毛巾幫她洗臉擦身，再輕輕地幫她按摩，希望阿嬤不適的身體，能得到舒筋活血的效果，而早日康復。

「阿嬤，我幫您梳頭好不好？」烈嶼姑理理阿嬤散亂的髮絲說。

「戇孫媳婦，」阿嬤的嘴角掠過一絲苦澀的微笑，而後低聲地問：「阿嬤這種古老的髮髻，妳會梳嗎？」

「阿嬤，讓我試試看好不好？」烈嶼姑柔聲地，「我不會梳痛您的頭皮。」

阿嬤微微地點點頭笑笑。

烈嶼姑輕輕地把阿嬤扶起，讓她靠在老式「眠床」的遮風板上，輕巧地取下她髮髻上的「珠針」、「銀簪」和「金釵」，解開「網袋仔」和「辮索」的線縷，再把綰成髻的長髮鬆開，然後用半圓型的黑色「頭梳」，輕輕地一下下，把阿嬤散發著「地仔油」味的髮絲往後梳。不一會就把阿嬤散亂的髮絲梳齊了，然而黑色的頭梳卻纏著不少阿嬤脫落的華髮，果真歲月不饒人啊！烈嶼姑的內心，感到一絲兒悽涼又不捨的況味。

梳好阿嬤的頭髮後，烈嶼姑用那條毛線編成的「辮索」，緊緊地紮著阿嬤腦勺的髮絲，又把髮尾綰成髻，套上「網袋仔」綁緊線縷，然後插上「珠針」、「銀簪」和「金釵」，把阿嬤那份高雅端莊又慈祥的氣質呈現出來，讓阿嬤不適的身體，彷彿在驟然間復元了。

「阿嬤，梳好了，」烈嶼姑興奮地說：「我拿鏡子給您照照看。」

「戇孫媳婦，」阿嬤精神一振，愜意地笑著，「從妳輕巧又伶俐的動作，阿嬤不必照鏡子，也能感受到妳已把我的頭髮、梳理得整整齊齊、服服貼貼。」

「真的？」烈嶼姑難掩內心的喜悅，緊緊地摟住阿嬤，「只要阿嬤您滿意，我願意天天幫您梳頭。」

「有妳這個賢慧又孝順的孫媳婦，阿嬤這輩子總算沒有白活了……。」阿嬤輕輕地拍拍她的肩膀，內心似乎有無限的感慨。

「阿嬤……。」烈嶼姑把阿嬤摟得更緊了……。

四、

村裡的阿福嫂，連續生了三個女兒，好不容易盼到一個兒子，過幾天即將滿「度晬」，儘管家境不是十分富裕，但依習俗必須做「紅龜粿」分送村人，或答謝攜帶禮物來為孩子慶生的「外家」，同時也「試兒」，看看他長大後的命運是什麼。

阿福嫂夫妻倆以務農為生，父母早逝，又沒有受過教育，對於島上的習俗並不十分瞭解。雖然阿嬤對傳統習俗不是很專精，但她見過很多世面，因此，經常有村人前來求教。

「婆仔在不在家？」阿福嫂問烈嶼姑說。

「阿福嫂，阮阿嬤有點不舒服，在房裡休息。有事嗎？」烈嶼姑禮貌地答著。

「過幾天就是我那個寶貝兒子的『度晬』，依習俗必須讓他試試將來的命運和前途。除了筆、墨、硯之外，其他不知道還要準備什麼？我想來問問婆仔啦！」阿福嫂說。

「這個，」烈嶼姑頓了一下，「小時候我聽村裡的文清叔公說，島上各鄉里對孩子『度晬』試兒的習俗都有點不同，如果我沒記錯的話，我們烈嶼為孩子準備的物品，除了筆、墨、硯之外，還有書、秤、算盤、白銀、柴、蔥、蛋、紅蛋和雞腿，共十二項。抓到文房四寶，表示孩子將來會讀書，白銀表示有錢，秤、算盤表示會做生意，蔥則代表聰明……。」烈嶼姑說後不好意思地笑笑，「不知我說的對不對，還要問問阮阿嬤。」

「對、對、對，就是這幾樣、就是這幾樣！」阿嬤在房裡呼應著。

阿福嫂興奮地說：「婆仔，想不到您孫媳婦，知道的禮俗跟您一樣多，真是我們村莊之福啊！」

然而，烈嶼姑並非只知道「度晬」這種習俗，對於島上一些風俗禮儀，知道的也不少。譬如：生男孩十二日、滿月的「煮油飯」，訂婚時的「芋子芋孫」、「韭菜頭」、「犁頭銼」、

「棉尾」、「春粟」、「桔餅」……，敬天公的「三牲」、「五牲」、「菜碗」……等等，她都能如數家珍地告訴當事人。

因此，她的能幹、熱心和「懂世事」，慢慢地在這個島外之島傳開，甚至，比起年邁的阿嬤有過之而無不及，村裡的婚喪喜慶，都少不了她的幫忙。而她似乎也樂此不疲，無論自家有多麼地忙碌，從不推託。洪家不僅僅是「有康人」，其熱心於鄉里俗務，更博得無數的讚賞。

五、

烈嶼姑相繼生了兩個女兒後，終於為洪家添了一個小壯丁，但不幸，阿嬤則因年邁體弱、身體老化而與世長辭。雖然僑居汶萊的公婆不能返鄉送她一程，但卻寄來一筆為數可觀的喪葬費用，並囑咐要讓老人家風風光光上山頭。

烈嶼姑的夫婿木榮，雖然書讀得比她多又從事公職，但個性內向，遇到較繁瑣的事宜，幾乎都由她來打理或做主，阿嬤的喪事亦不例外。當阿嬤往生時，儘管有許多村人趕來關心幫忙，但她還是親自在院子裡，用兩塊磚頭做了一個臨時的小灶，煮了一小碗大米飯以及一顆鴨蛋。復把蛋放在飯上，碗下墊一塊瓦片，放在阿嬤頭部的上方，做為阿嬤的「跤尾飯」，並持續不斷地為阿嬤燃香焚燒紙錢。而當阿嬤那具上選的福杉棺木即將抬進大門時，她立即叮嚀木榮必須下跪，恭迎阿嬤的「大厝」入內。這些看似微小的細節，如果不是她心思的細密，以及對喪葬禮儀的瞭解，勢必凡事要求教於他人。

即將小殮時，只見烈嶼姑提著汲水桶，沿途哭到井邊，復投下一枚錢幣，口中唸著：「井神、井神，今仔日是阮阿嬤歸天之辰，請汝賜水予伊浴身。」而後汲了一桶清淨的井水，依習俗用毛巾沾井水，象徵性地在阿嬤的胸前擦三下，背後擦四下，為阿嬤淨身。繼而地在鄰人的協助下，為阿嬤穿上好幾層壽衣，其中有一件是阿嬤平常捨不得穿，要留到百年「張老」的「暹綢衫」。當封棺師傅在棺木裡撒上白灰粉時，烈嶼姑又為阿嬤鋪上一疊疊厚厚的紙錢，然後木榮扶頭，她扶腳，把阿嬤的靈身從水床移到棺木裡。

出殯的那一天，其隊伍依序是「大鑼」、「托燈」、「銘旌」、「鼓隊」、「放金銀紙」、「白亭」、「西樂」、「五人鼓隊」「輓聯」、「藍亭」、「紅亭」、「綠亭」、「古樂」、「桔燈」、「黃亭」、「魂主轎」、「師公」、「痲燈」、「痲彩」。阿嬤的棺木上，蓋著一個由紙花、彩帶織成的「棺罩」，由十六位抬棺者抬著。代父披痲戴孝舉「幡仔」的木榮，身穿藍色衣褲，外罩苧痲長衫的烈嶼姑，以及送終的孝眷和親友們，綿延了數百公尺。這種出殯的場面，在這個小島上是少見的，洪家除了「有康」外，最主要的或許是他們心地善良，為人處世有其獨到的一面，又樂於助人和關心鄉里事務，才會有那麼多人主動來給阿嬤送終。

當抬棺者小心翼翼地把阿嬤的棺木放進墓穴時，烈嶼姑俯下身，順手掬起一把泥土，輕輕地灑在阿嬤的棺木上。而就在剎那間，她朦朧的雙眼彷彿看見一隻潔白可愛的白鶴，緩緩地從墓穴裡飛起。這隻白鶴，髣如阿嬤的化身，她正展開美麗而光澤的翅膀，飛翔在藍天白雲間⋯⋯。

烈嶼姑微微地搖搖頭，眼眶噙滿著淚水，誠摯地稟告阿嬤說：

「阿嬤，您放心地走吧！我會繼承您的衣缽，為這塊歷經苦難的土地，奉獻更多的心力……。」

當烈嶼姑舉頭仰望蔚藍的蒼穹時，那隻美麗的白鶴已消失在雲層堆裡，她的心中暗想：或許，阿嬤已抵達西方的極樂世界，在天堂過著逍遙自在的生活……。

君在何方

倚門而盼，君在何方？
朝思暮盼，不能相見！
堅定的愛情、無奈的環境，兩地相思怨上蒼！
苦悶的心情、複雜的思緒，日升日落淚滿腮！
相約不喝孟婆湯，記住彼此的容顏！

一、

在茫茫人海中，他尋覓心靈唯一的伴侶——賢慧、懂事、溫柔顧家。
事與願違，尋知音、覓良緣，誤上賊船，鬱鬱寡歡。
農耕少年郎，樸拙性情人讚賞，烏黑髮絲龍鳳眼，翩翩風度留印象。
適婚年歲，媒婆說姻緣，莊稼漢，囊空如洗，家裡沒銀兩，再等幾年，努力拼太陽。
公雞啼，下床披衣田間去。一根扁擔挑糞桶，伴著月兒走山路，山風涼、透心坎，快步走，身微暖，為家男兒不怕難、不怕苦。
田裡的五穀雜糧、院裡的雞鴨豬羊，自給自足尚賣錢。
老父積勞成疾已成仙，愁雲慘霧在人間；老母含辛茹苦，要兒成材、要兒像樣。
少年得志的莊稼漢，除種田、尚有一技之長隨身邊。倚著它，撐門面，前途無量，吃穿免愁受讚揚。
嬌嬌女，愛上他，這上進的少年郎，令她朝思暮盼、魂牽夢繫，立誓擁著他。
皎潔月亮掛天邊、美麗公園做遮掩。裙一掀，性感絲襪露曲線；腿一張，蓊鬱叢林在眼前。
乾柴烈火、兩相情願。嬌嬌女，手段高；憨厚男，上了當。
後悔莫及的一竿進洞，擔了責任、毀了人生。
人見人羨，以為沐浴在愛和幸福的天地裡，豈知，天價的聘金壓得他喘不過氣。這場男歡女愛的結局，原是惡夢的開始。
不知內情的人，以為他抱得美人歸，從此坐擁全世界。
靦腆的他，不做任何的辯解，他相信天知、地知與良知。
不是只有「女怕嫁錯郎」，男人亦怕「娶錯娘」呀！
夢魇，環繞身邊，她，掌控了他的一切，「不自由、毋寧死」！但他，上有長輩、下有晚輩，他必須忍氣吞聲，強顏歡笑地逆來順受。
眼裡只有娘家沒有婆家的她，善盡「外交官的責任」，舉凡娘家的種種，她一馬當先，總是走在最前頭。至於婆家，姓氏不同、血緣不同、觀念不同、背景不同、興趣不同……，夫妻不同體，劃分了界線。

長期勞累的結果，烏黑髮絲映白光、滿面春風走了樣，身苦心更苦。

愛情的債務伴一生，少年的衝動毀前程，不識女郎稀奇樣，手一觸、身一沾，從此思維被綁、手腳被鍊。

苦哈哈的日子，數十年如一日。

她的家境比他好、她的學歷比他高，但她，從未幫助過他。

他靠著一己之力，由小而大，慢慢拓展事業，終而擁有一片天。

驕傲的她，笑瞇瞇地，佩服自己高人一等的眼光。這個男人，一輩子逃不出她的手掌。

坐享其成的結果，只要錢、不要人。她要他努力拼人生，鈔票疊疊進、房子棟棟買。

他努力賺錢，她則用力花錢，對自己好，由裡到外、從頭到腳。他無怨無悔，省自己腸肚，滿足著她的需求。

祖先庇蔭，沒什麼能力的她，擁著一份高尚的職業。每天，打扮得花枝招展，從頭到腳，一身名貴，但無一是真。灰白的頭髮，染上了咖啡色；掉落的眉毛，有了紋眉的線條；假牙襯托脣形的美觀；前平後平，穿上了調整型；恨天高幸有名鞋來倚靠；朱紅寇丹更映襯出白嫩的纖纖玉手。

女性少有座車的年代，她擁著私家轎車，奔馳於上下班的路上，羨煞多少旁人的眼光。

平日，不做家事、不帶孩子。假日，睡到太陽照屁股。辦公室呼風喚雨，返家後，嘀咕些許。她將他當下屬般使喚，要他立正，不得稍息、要他往東、不得往西。

只辦公事，不做家事的她，賺了薪水自己藏，生了孩子叫他養。她的揮霍、家中的花費、外頭的開銷，他一肩挑。

清晨，他為她溫牛奶；白晝，他為事業忙；夜晚，他侍候著她……那歷經風霜的臉龐，有著許多的無奈；那起了厚繭的雙手，乃為家付出的結果；那樸實的身影，是農家子弟的象徵。

她好高騖遠、不甘寂寞；他務實性情、處事低調。

有了一片天，不忘回首來時路，父的辛勤農耕、母的慈祥容顏。然而此樁婚姻，差點敗了家產、毀了前程。他以德報怨，只為幸福美滿的家園。

她，在家冷冰冰，出外多熱情。

喜歡交際應酬的她，美麗的容顏、溫和的語調，只有此刻看得見。她，從未給他好臉色；他，從未有過好氣色。

她，駕馭著他，歲歲年年。

二、

木製的算盤，區隔著個、十、百、千、萬，收入與支出，玉手一撥，顆粒發出聲響，收入與支出，就在上面。

每日下班，翻箱倒櫃查信件、呶著嘴巴算銀兩、歪著眼睛瞧帳單。撥算盤，查水電，外加電話單，算一算，此月多了幾分錢？只許少，不許多，多了變臉如變天，貴婦搖身一變成潑婦，無論白晝與夜晚，精神虐待難入眠。

為門面，難過姻緣強顏歡，想走遠，喘一口氣，卻如拴牛般。她緊緊地將他繫牢，鐵鎚重重敲，釘子固定好，他有能力思考，有手有腳，渴盼自由，卻飛不高、跑不遠。

猶如身陷囹圄般，他的活動空間受限。逍遙自在的她，愛上哪兒、就上哪兒，招呼不用打。每當出了遠門，電話響起，不是噓寒問暖，而是要他賺錢入帳，不能存私房。

民情風俗，拜拜保平安又長壽。她不祈求他的健康，亦不要他的長命百歲。

知己好友難相見，電話一線牽，問安聊近況。她，怒火中燒，丟電話、擲紙球、甩衣裳、破口大罵……，他忍氣吞聲、好言相向。但她，要他孤立無援、朋友一個一個斷。

層層疊疊的導火線，一圈又一圈，恩愛的歲月已遙遠。

不同世界的兩個人，錯誤的邂逅，造就了痛苦的人生。他想破繭而出，尋覓屬於自己的天空，從日出到日落，看著太陽、守著月亮，自由之日何時現？

偶爾有事出門，不是計時間、就是不肯他露臉。信守承諾的他，急得跳腳，就從她的撕護照那一刻起，他對友人，有說不出的抱歉。多年了，他仍耿耿於懷、心有遺憾。

美麗的女人，沒有善良的心，讓人惋惜。蛇蠍的心腸，誤了另一半的人生。

所幸，他擁有幾個死黨，談天說地、交情匪淺，不畏她的臉色、不懼她的惡言，擊不倒的友情，伴隨著他，讓他稍感慰藉。

上蒼憐惜，賜予紅粉知己，死氣沉沉的人生，一線轉機。他歹命、她洞悉，善解人意的她，溫渥著他的心扉，他感動、亦心動。

相知相惜的兩人，彼此關懷、互相勉勵、日久生情的結果，墜入了情網。

思愁如織，千萬般的思念，如湧泉。

擁著一紙結婚證書，卻擁不著一紙離婚協議書，愛得辛苦，不見陽光。

相見，難上加難。痛苦，伴隨身邊。

難過姻緣他不願。

織了情網不能圓。

不忍辜負兩頭難，嘆人生，哀哀怨怨，紅了眼眶。誰說男兒有淚不輕彈？此生知己相遇，卻是柔腸寸斷！

迫於現實無奈，不能成雙，淒涼語調心熬煎。今生強顏歡笑，願來生共續前緣。

倚門而盼，君在何方？

朝思暮盼，不能相見。
堅定的愛情、無奈的環境，曇花一現怨上蒼。
苦悶的心情、複雜的思緒，日升日落淚滿腮。
相約不喝孟婆湯，記住彼此的容顏。
此生無緣，來生再見。

三、

兩地相思心頭苦，鬱鬱寡歡情路難。
滴米未盡、形影消瘦，蒼白的臉色，道盡了一切。
他，倒下了。

雜亂無章的臥室，顯現女主人的慵懶。連續數個白晝與夜晚，他就躺在與四周環境不太協調的這張名貴的雙人床。紛亂的思緒、淒涼的心，腦海浮現的是知己的影子，有愛的存在，柴房亦能當臥房，他不需名牌與豪宅。辛苦了大半輩子，享受的是別人家。

穢言穢語的枕邊人，陰影伴身旁，毫無喘息的空間。逃避難，天涯海角無處藏。水深火熱的日子、痛苦漫長的歲月，問上蒼。

為情傷風、為愛感冒！求醫治標不治本，心病還要心藥醫。

不見天日的深鎖，亦不見知己探頭，只因那道深深厚厚的圍籬，堵住了入口。
相遇恨晚，悽愴無奈。相思兩地，飲苦水、深深嚐。此生，有情人終成眷屬是奢望。
幾回魂夢，兩人相同。現實環境的無奈，惟有堅強。
譜了情、築了愛，君在何方？來生續前緣！
她，為情哭紅了雙眼、為愛消瘦了容顏，獨守空閨、夜夜盼，擁著照片淚滴裳。
重逢在夢中，相擁兩無語。
深吸一口氣，人兒在哪裡？
夜已走遠，天色將亮。朦朦朧朧思影像、尋覓枕邊與床間，君在何方？
日日夜夜等待、年年歲歲渴盼。兩地相思心熬煎，歲歲年年難相見；夢難圓，猶如天上與人間。
戀戀不捨的愛，愛得辛苦與無奈。
無處宣洩的苦，積壓胸臆，那微弱的呼吸，等待著黎明的到來。
從太陽到月亮，倚門而盼，君在何方？
君在何方？

島嶼記事

一、霧鎖金門

迷迷濛濛的天候，視野不佳狀況多。

飛機不來，旅客熱鍋，左等右盼，天色茫茫，心也慌慌。

疼惜子孫的老人家，拜拜菜色多，袋袋裝好、箱箱綁妥，親搭飛機或郵寄，要給在外討生活的子孫吃一頓飽、享受家鄉的溫暖。吃下肚，保平安，思老母，快回鄉。

然而，天公不作美，飛機無法飛。菜餚日日等、夜夜盼，白天取出冰箱、晚上放回冰箱。由新鮮到變味，忙了老半天，苦心枉費。

能見度不夠，自求多福的行車安全，你不撞人，難保人不撞你！

個人視力大不同！○．一跟一．○差很多哩！霧朦朧、人朦朧，朦朦朧朧迎上前，車毀人傷，賺錢的只有車廠與醫院。

望蒼天、嘆蒼生，病人等醫生，等得心慌慌。小病死不了，大病靠祈禱。

每年濃霧時刻，一齣齣上演的劇本如影帶重播。人們暗嘆，天不從人願。

霧散心歡喜，衣服晒得乾、屋宇不會黏。連帶的，空中交通不受阻，加班再加班，旅客還是有怨言，機位有限、人頭無限，鑽呀鑽、等呀等，今日盼不著，明日請早。

隨著霧來霧散，接連心事又一樁。航空公司少一間，台金交通又不便。逢年過節，遊子返鄉，機位難訂，誰來幫忙？

擴大小三通，旅行社壟斷了票源，金門鄉親機場等，補位難上難。

遙望故鄉，回家難。

金門鄉親，出入不方便。真的，準備好了嗎？

促進商機、繁榮地區，先暢通台金空中交通。

二、無殼蝸牛

天上的白雲，飄往何處？地上的人兒，居無定所。

先成家後立業、抑是先立業後成家？有殼無殼，身價差別大。

「吾家有女初長成」，嫁女兒，先看對方有沒有殼？有殼穩當，沒殼三住四搬厝。

童年記憶，相親人家，女方到男方，看破厝或番仔樓，屋宇堅固或簡陋？有一塊厝地，住得舒適，縱然大家庭，一對夫妻一間房，生了孩子，床鋪嫌擁擠，地板還要鋪草蓆，至少住的地方有著落。最怕瓦片底下見陽光，下雨時，屋漏雨滴，臉盆當大鼓，滴滴答答女兒苦。

隨著時代進步，自由戀愛先看存款簿。老婆孩子養得起，名下是否有房子？有，固然可喜。沒有，結婚之後住哪裡？為了愛情，兩人同打拼，一個賺錢養家、一個賺錢存款。不為自己、為孩子，三年、五年、十年……，有人辛苦大半輩子，就賺一棟房子。有人每天忙忙碌碌，跟會、會倒；跟老闆、老闆跑。勉強糊口，租屋難過。

物價上漲的今日，人像陀螺、賺錢不多，薪資原地踏步，物價上揚迅速。無殼蝸牛，心裡難過，一個屬於自己的窩，夢想遙遙無期。

三、黑心手錶

夜市招商，促進島嶼繁榮。

每隔一段時日，廣告招攬，短短幾天，生機無限。攤位中，諸多熟面孔，早上菜市場擺攤；晚上夜市再現。早、晚的價格，有些不一樣。絡繹不絕的人潮，一波接一波。廣場，人滿為患；停車場，車滿為患。擁擠的人潮，美食街大捧場，座無虛席。

走呀走、逛呀逛，逛到一個小攤位，擺了幾個「兒童錶」，一百多塊的價位，價廉物美。讓孩子每人各挑一個，戴於手上，看時間，不會誤點。

返家後，就在當天晚上，三個手錶，壞了兩個。

一個不慎，手錶著地，錶蓋脫落，裡頭生鏽嚴重，鐵屑布滿四周，嚇了一跳！原來，買到了黑心手錶。

另一個，時針、分針、秒針都停了。老闆言猶在耳的保證，電池絕對新、手錶絕對好，怎會這般？當指甲輕撥，調整鈕就是轉不動。再仔細一瞧，原來它也生鏽。

不打算求償，憐惜於他們出外討生活的艱苦，將兩個黑心手錶丟入垃圾桶。同時，自我檢討，帶了眼睛，買了假貨，上一次當、學一次乖，就當給自己上一堂課。

吃飽沒事、再次閒逛，孩子指著攤位嚷著：「手錶！」

「不許碰！你忘了，我們前幾天才在這裡買到黑心手錶嗎？」制止孩子靠近。

老闆盯著我看，又若無其事地低下頭，曾經賣了什麼東西給我，想必心裡有數。

生意不是只做一次。除非，抱著「撈」的心態！但撈了這次，就沒下次了。

四、痠痛

天氣多變化，痠痛已不是老年人的專利。

氣候變幻，不分年齡，這裡痠、那裡痛，雖不至於要人命，但那咬牙切齒的疼滋味，卻亦「痛死人」！

痠痛貼布大熱門，缺貨時刻等等等。引頸企盼，痠抽痛，越盼越疼痛。

服用止痛藥、打了止痛針，治標不治本。做復健，來來往往的時間，必須有夠閒。年輕的身體欠保養，多了年歲不像樣。「一身軀，疼得透骨髓」，老人這樣說；年輕人，亦如是說。

風來了、雨來了、霧來了，同病相憐的痛人兒，亦都來了！

疼痛的情形，大致差不多。

曾經缺席的痠痛貼布，衡量需求多進貨，終究，疼痛的滋味不好受。

以前的人，做山做海，「三餐前、兩餐後」，「餓過饑」，食不下，腹漲省一頓。三餐沒三餐、月子沒月子，有了年歲，這裡痠、那裡痛。小痠痛，貼藥布；大痠痛，打針劑。看來不是什麼大病，但週而復始，久病厭世。

現代的年輕人，沒有什麼苦日子，依舊這裡痠、那裡痛。相同的症狀，不同的忍痛程度。和老人家站在一起，平起平坐的「喊痛」，有些不好意思。但面子重要，裡子更重要，痛，就要說出來，大大方方地，痠痛貼布給它貼下去。

五、野犬

野犬奔竄嚇破膽，肥肥壯壯比人胖，稍不留神肉被啃，留下齒痕做紀念。

鄉間小路野犬多，成群結隊讓人憂。大人怕、小孩更怕！

閃野狗、出車禍。躲野狗、剷屎尿。看似小問題，實為「大代誌」。

島上的駐軍，營區裡不養幾隻狗兒逗開心與站衛兵，髣如退流行。隨著移防與撤離，狗狗帶不走，滯留的結果，繁衍越來越多。

山上的野犬，成群結隊。每到黃昏，那雄糾糾、氣昂昂的陣仗奔向山下。踐踏菜園、驚嚇路人，甚而狗與狗對吠，猶如尋仇般地，你來我往，窮追不捨、窮咬不放。

隨著寵物現身，主人抱在懷裡、疼在心裡。然而，經濟不景氣，人要米飯、狗要飼料，養得費力氣，不得已，放狗流浪，家犬變野犬，讓牠自生自滅，又製造了另一個問題。養寵物，愛牠，就不要輕言遺棄。

當親睹養寵物的人家，狗鍊一放，放狗輕鬆。狗兒搖著尾巴，嗅著週遭，看到東西就咬、見到輪胎就灑，找到新歡、忘了舊愛的電線桿。狗便則無一定的地方，車身旁、樹蔭下、空曠處……，來時四腳繃緊、去時一派輕鬆。主人樂得不必掃糞便，自家保持乾淨，環境倚賴他人。環保當前，衛生重要，愛整潔的人家，當起志工與免費的下人。

養寵物之前，再三省思，先衡量自身情況。人肚餵得飽、教養教得好，再抱寵物吧！

野犬的捕捉，今不如昔。全面掃蕩，還民安康。

六、關懷

做生意，不順遂；做水泥不順手；拆鷹架，兩腳受傷、脊椎受損，癱瘓在床。妻子輕微智障，獨子已逝。女兒一台、一金，在台者器質障礙；留金者重度智障，愁雲慘霧的家庭，需要各界的支援。

一家多口，收入微薄，他倒下，吃穿發愁。多位不具名的老闆娘，紛紛伸援手，人人捐數千，幫他度難關。

貧富差距，有錢的有錢、沒錢的更沒錢。遇上不方便，抬頭仰望天、低頭哭爹娘。另一則，當兵退伍，心臟裝了心導管，妻子精神疾病、兩個女兒嫁一位、尚有一位亦是精神疾病，留置家中。兒子赴台念書後返金，覓不著工作，等待當兵。

身體不適的他，為了家計，種田與作工，勉強支撐。年齡未達「就養」標準，未能及時天降甘霖，多一筆收入，貼補家用。不禁感嘆，法令的無奈。

政府釋放利多，錢該花在刀口。角落的人群，有許多的無奈，他們收入微薄，日子總要過。諸多生活不愁，卻又日夜覬覦天上掉下來的禮物，那些人群有空閒，嘴巴碎碎唸，批判不公允，人家有、他沒有。和窮人家相比，已是豐衣足食，自己有飯吃，也留一些湯給他們喝，就讓有限的資源，用在該用的地方。

七、深邃的角落

大樹遮蔭，小樹成長，年邁的老人家。後繼有望，當白髮蒼蒼，昨天的日思夜盼，今天空歡喜一場。

兒已長成，討房媳婦，延續香火。當娃兒著地，外籍新娘不落痕跡地離去。愛妻子勝過一切的兒子，不能接受這事實，朝思暮想、腦力激盪，終而，不穩定的狀況，雙親老淚縱橫。

老舊了的機器，既要保養、又要更新。男老赴台治病、女老亦沒閒著，要顧娃兒、也要顧自己的老骨頭。

經濟不優渥的家庭，陷入兩難。繼續治病要花錢，停擺了，沒錢醫治，疼痛時刻要人命。思及「就養」，補貼加減。然則，另一未婚的兒子，有份不錯的工作，依據所得，平均分配，過不了關，徒嘆奈何？

「就養」，在幫助經濟不佳的人家，深邃的角落，真的幫到了嗎？有些富裕家庭，孩子生得多，分攤所得，年歲一到，「翹腳捻嘴鬚」，等待每月發放。錢，不嫌多，多了打牌消遣、出國觀光。

回頭省視那些弱勢族群，窮極了，找誰幫？

另一樁，每月的殘障津貼，機票的五折優惠，曾開具殘障證明、領有殘障津貼，但已醫治好、收入也豐渥者，實該終止優惠，讓有限的資源，真正落實。

八、看護

骨肉親情，在這四男二女的家庭，表露無疑。

男婚女嫁，各有家庭與事業忙，年邁的父母正邁入風燭殘年。飲水思源的六個兄弟姐妹，家庭會議磋商的結果，輪流安頓。

「嫁出去的女兒，潑出去的水」，她不如此認為。她覺得，賜予她生命的父母，在寂寞的路上，最需要親情的慰藉與柔和的聲音，那熟悉的聲響，為老人家醞釀了安全感。

她那喜歡歡唱、自娛娛人的母親，告訴她，頭頂常有東西壓，記得以前的事，卻忘了現在身處的環境。逐漸的，時好時壞的記性，連她是誰都記不得了。

反哺，沒有怨言，只期望她母親好轉。然而，心中掛慮的，是她那直昇機安寧返鄉的父親在身邊的遺物。

她的父親腳痛、心也痛，藥石罔效，命歸陰。此刻，在台的外籍看護，亦不見蹤影。當他們忙於後事，告一段落，啟開了老人家生前隨身攜帶的一個黑色盒子，裡頭的金飾、現金、權狀，已不翼而飛，只剩衣襪。那是老人家一生的積蓄，尋覓看護來時路，無從查起。

她語重心長地，期望不勞而獲之人，原璧歸趙。

顧人顧財產，端看良心如何。擁著不屬於自己的東西，右手進，終有一天，左手也要出。

不該得的，就還人家吧。

九、神醫

配合度高的病人，該回診的時候，準時報到。

醫院的掛號室前面，抽取號碼牌、等候掛號的民眾，長者居多。人群中，一位操著外省口音，來往穿梭的男士，先是告訴長者養生之道，再訴之他的民俗療法，許多病人趨之若鶩，紛紛跟他要電話，來日找他醫治身體。

仔細聆聽，全世界沒有的藥材，惟他獨有。腰痠背痛，食用他的藥，三日痊癒，終身不再痠痛；癌症他亦有藥醫，為人醫病，志在濟世救人。

舉了許多妙手回春的例子，聽眾越來越信服，有人跟他要電話，他說常出門，打到家裡沒人接。病人再三要求，他給了，算算數字，手機號碼只有九個字，再加一個。

一位年輕人，問他手機有否隨身？要立即試電話。很不巧，他的手機置放他處。

另一位，請他早日幫忙煉藥，多少錢沒關係。

親睹「神醫」亦掛號，未向前一探究竟？他的掛號為己或為他人？也許民俗療法有它的療效。然則，共通的理念，有病自該看醫生，尋求正當的醫療管道。

十、戀戀金門味

半百的女人，依舊充滿著活躍的韻味，搖首擺臀、舉手投足間，看不出年齡的她，是學校最資深的組長，寒假看到公文，立即申請經費，就在端午前夕，轟轟烈烈戀一場「金門味」。

配合「親子講座」、「親子共讀」，講師台上唱作俱佳，台下聆聽，又有獎品可拿，師生、親子，心手相連，共創佳績。

繪本導讀「愛心樹」，猶如曾經導讀過的「蘋果樹」，愛心的大樹，幫了貪心的孩子，任他予取予求，樹砍了，最後剩下樹頭，愛心樹仍然無怨無悔。

最終的心得交流，有人要貪心的孩子別貪心；有人則是願像大樹一樣，犧牲奉獻。儘管人人有高見，只要敢言，依照題目深淺，獎品任君選。

壓軸好戲在後頭，拐個彎，下了樓梯口，寬敞的餐廳在前頭，牆上的「一粥一飯當思來處不易、半磚半瓦長想取得困難」，頗有「吃果子，拜樹頭」的意味。總數二十四塊的長型餐桌，每桌配備六塊圓型椅子，旁邊另有預備椅。這舒適的環境，相較於以往的教室用餐，感官舒坦。

往內走，廚房在裡頭，飄飄煙霧從熱鍋竄起，原來是滷蛋、滷肉與香菇，撲鼻陣陣的香味，襲染身軀。此時，婆婆媽媽們，各就各位，準備大顯身手。

肉粽的製作：粽葉浸泡後，清洗乾淨。滷切塊的豬腿肉、雞蛋、香菇。糯米浸水、洗淨。起油鍋，炒糯米，細香菇與蝦米，下蔥油酥，拌炒均勻。一大一小的粽葉背對背，長短摺疊，材料裝入，底層鋪糯米，中間擺滷蛋、香菇、滷肉，最上面再鋪一層糯米，角度對稱，棉線繫緊。下鍋，蒸與煮依個人喜好。

包了一口好肉粽的我，實際經驗只會「一口粽」，放眼而望，老一輩的身手俐落，有稜有角的俏模樣，尚未淺嚐，即增加幾分賣點。而年輕一群，亦不乏厲害角色。

端詳一陣，不太敢下手的我，看到許多和我一樣不識「粽滋味」的媽媽們，紛紛捲起袖子，把握這難得的學習機會，看成品，有的美觀大方，也有外露與歪斜，那我還客氣什麼呢？在我身旁的彩娥女士與數位媽媽，熱心指導，就從粽葉的挑選、內容物的掌控、手勁的拿捏，毫不吝惜地傾囊相授，當成果展現，有一點點「粽樣」的感覺。

今日學習，或許明日忘記，但「金門粽」的獨特滋味，夠留戀了！

十一、包粽

一樣的包粽，不一樣的心情。

緊隔一條路，感受大不同。前一刻，在成功，跨馬路而過，那和諧的氣氛，溫馨又窩心。後一刻，在社區，年年如此，做事的做事，汗流浹背、默默付出。或多或少，總會遇到不可理喻之輩。

社區是大家的，當別個社區在進步，我們在原地踏步，就該自我省思，找出問題所在，對症下藥。

家有惡鄰，如坐針氈，想當「街長」，要有長者風範，不是分化內、外鄉情感；挑撥鄰里感情，以此消遣時間。更甚者，平日車堵出口，為自己方便，讓村人不便。

每次辦活動，找碴的總是那些人。須知，站上檯面看本事、不看年歲，適才適任才是重點。「救蟲卡贏救人」，危急之際，大動惻隱之心，早知感恩之心不是人人有，真有些後悔往日的伸出援手。

社區人才輩出，為整體營造，付出了心力。但心胸狹窄之人，一堆閒話。終而，許多人無怨無悔的付出，久而久之，心力交瘁，選擇將自己藏身起來，不再過問社區事務，實為社區一大損失。

同在這塊土地成長，要批判他人之前，先自問自己出力多寡？又享用了多少資源？

又是社區評鑑，前一刻引以為鏡，有股挫折感，想學「古人」，自掃門前雪。理事長的邀約，心一軟，夫妻與幾位熱心居民為社區，再忙一場。

活動中心低首整理資料，忽有人影晃動。眼一瞄，原以為唯恐天下不亂之人，會再來個興師大問罪，那就名正言順地揮揮手，讓他發揮一下本事。這回，大感意外，他快速地離開。

好消息，社區評鑑第三名。少數人的耕耘，完成多數人的夢想，無論台省的評比如何，勝敗論英雄，靠的是腦力，不是蠻力。

十二、夢魘

大人世界裡的男歡女愛，是她幼小心靈的創傷。

親人對她伸出的魔掌，是她一輩子的夢魘。

出其不意的性騷擾，令她厭惡異性，打翻一竿子好男人。

親人設陷阱，小閣樓上好風光。小心攙扶木製的樓梯，頭仰高高往上眺。上了樓，露出猙獰面目、伸出污穢手掌，爾後的人生、小小的年歲，蹂躪成自然。

人煙稀少的村莊，塵土飛揚。雜草叢生的地方，一面牆壁，露出半個身影，金色的銅環、黑色的腰帶、草綠的衣服、擦得發亮的野戰鞋，陽具外露，尿液如水管般的噴射，嚇得她魂飛魄散。她的作息穩定，每日此時、必經此處、必遇此人，固定的穿著、固定的舉止，讓她心驚膽顫。

殺人未遂，方假釋出獄的他，死性不改，見到女人，死纏爛打。

路上相遇，他搭訕、她不理。他快速地騎著單車離去，她以為沒事了。豈知，返家的路上，他就坐在公園的石階，露出了一坨噁心的東西，在她面前又搓又揉。四下無人，她快步離去。但他，三不五時，即性地在她面前遛鳥。她忍無可忍，報警了，他以突然的奇癢無比為自己辯護。

從此，她討厭男人。

亭亭玉立的美少女，追求者眾；但她，不為所動。

年歲漸長，論婚假，層層陰影沒心情。無人明瞭她內心深處的傷與痛。對男人沒好感的「老姑婆」，堵不了眾人之口，勉為其難上花轎。新嫁娘的好心情，感受不到。

衣裳件件落，擔憂新婚之夜不落紅，忐忑新娘心難過。鮮紅的床單，新郎滿意，新娘慶幸薄膜依舊在，新婚有交代。

多年陰影存腦海，揮之不去的夢魘，伴隨一生。不快樂的女人，思緒不快樂的過往，那渴盼的親情，如魔爪般，撕裂一身的傷痕。

十三、拜拜

「有燒香有保佑」的思維，金箔店一枝獨秀。許多善男信女，省腸儉肚，從金門頭拜到金門尾，一趟下來，加上「添緣」，少則上千、多則上萬，數目可觀。平日捨不得吃頓好，拜拜時刻不手軟，無論獨來獨往或進香團，虔心祈上蒼，福壽綿延、子孫康健。

「祖祭」時，大桌大碗公，祖先聞香、子孫食用，今日吃不完，明日再享用、後日再回鍋……。銀紙則是燒得兇，滿天飛屑，焚得越多，表示對先人越孝敬，製造了環境汙染，一點亦不環保。

「普渡」、「作醮」擺門面，粽、粿越多，牲禮越大，面子挺得住。來往的善男信女，你看我、我看你，輸人不輸陣的比較心態，苦了荷包。

小拜、大拜，一年好幾十個「拜」，收入不多的人家，幾近「拜倒」！耳聞，有人為了躲拜拜，到了後方不回來。

慎終追遠乃固有傳統，但拜拜，心誠則靈。下手之前，先衡量口袋。畢竟，往者已矣！活著的人，日子總要過下去。

祈佛祖保佑、願祖先庇祐，先要有一顆悲天憫人之心，由小愛至大愛，幫自己、助別人，自有福報。

擁有一顆虔誠的心，上蒼自會庇祐；包藏禍心、作惡多端之人，毀自己、害子孫，每天拈香亦無用。

神明在天上看人間，為善為惡，一目瞭然。拜拜，求心安，心靈的寄託，庇祐多寡，就看你平日積德多少。

十四、腸病毒

腸病毒肆虐，孩子就讀的學校，大小班、十幾位小朋友一起上課的幼稚園，當發現兩起腸病毒案例時，老師緊急召開會議，學校與家長取得共識，停課一週。

停課第四天，又接獲學校來電復課，正懊惱朝令夕改的政策，不能信服。獲悉病例又起，緊急和學校主管溝通，期望健康擺第一。然則，部分家長無法帶孩子，亦不願喪失求知的權利，要求復課。學校給予彈性的空間，留在家中自我教養或上學，由家長自行決定。

腸病毒的感染，輕則猶如一般感冒、重則命喪黃泉。擔憂之際，就讀幼中班的小兒子，高燒三十九點五度，急診吊點滴留觀，雖診斷為一般感冒，為安全起見，將他留在家中一個禮拜。二年級的大兒子亦燒三九點二度，仍然掛了急診，請假在家休養。接著，唸四年級的二女兒發燒三八點九度，難逃急診的命運，診斷又是一般感冒，第三天吞嚥困難，立刻帶她至小兒科診所，疑似「腸病毒」，立刻電話回報學校，主動請假在家隔離。按時服藥，泡疹性咽峽炎已痊癒，複診後開具證明，就要復課，忽聞班上又有同學染腸病毒。

依規定召開班級家長會，在學校的圖書室，各抒己見。家長會長對於幼稚班、先前的停課決定又復課，頗有微詞，今日的多起病毒，難保明日不再蔓延，期望學校做好消毒工作，家長們亦有同感。

連日來的身心煎熬，我以一個母親的心情，除贊同前者所言，更告訴大家，腸病毒並不可怕，可怕的是心態。而針對學校的答覆，提出了個人看法，我認為教育單位，報喜不報憂的心態可議，不能因為病例不多，隱匿疫情，未啟動通報系統，教孩子誠實，大人要先以身做則，身教代替言教。已決定了的停課，因部分家長的反彈，圖個人方便、造就他人的不便、犧牲他人的健康，是自私的做法。更希望家有腸病毒的家長，別隱匿不報，能與學校密切配合，主動回報、主動隔離，在家休養期間，別在社區遊玩，將病毒傳染他人。染腸病毒的學童，未痊癒之前勿上學，免交互感染。已決定了的停課，別再歷史重演、朝令夕改。終究，課業重要，健康更重要。

會議中，主管承認有疏失，將立即改善。

新聞報導，台灣已有多起死於腸病毒的案例，年紀最小四個月。年紀最長四十歲的一位婦人亦疑似感染腸病毒，引發心肌炎，住進加護病房，豈能輕忽？當外島的疫情逐漸擴大，也引起恐慌。雖然學校做了消毒動作，但乃屬於疫區。不願疫情蔓延，學校與家庭均該有所擔當，共負責任。多宣導，勤洗手，少出入公共場所。

腸病毒傳染的主要途徑，乃經由糞便、食物污染、飛沫、咳嗽、打噴嚏等。短短數日，疫情擴散，小學與幼稚園接連數起，難過的學童難過、心疼的家長心疼，罪該誰屬？

十五、頭路

年輕人寒窗苦讀，有證書、不一定有頭路。

上班延續到六十五歲，有人拍掌、有人暗嘆。

六十歲退休，已有一筆退休金，生活無慮。空了缺，諸多年輕人，頭路有望。

工作難找的今日，有些家庭，年輕人窩居在家，靠父母養。父母終會老，山倒了，已依賴成性的他們還有未來嗎？

當某些人屆齡退休，開心再賺五年，拍掌叫好。主政者，可曾考量他們上班時刻，是竭盡心力、還是養老心態？是活到老、學到老，還是倚老賣老？老兵欺侮菜鳥？畫地為王，讓人怨聲載道，不平之鳴，輕則怨嘆、重則上網。

考量時間延長，肥了某些人，亦瘦了某些人。那些大搖大擺將公務車開回家、有油水加減拿的人，怎麼好意思大言不慚、大力拍掌？

崗位上，竭盡心力，留了下來，既留存經驗、亦做後進楷模。而六十歲退休，是不錯的抉擇，體力好、能力佳，尚能再造事業第二春。而含飴弄孫，亦是不錯的選擇。

老的不退，少年的進不得。養活自己已是難事，要養一個家，談何容易？鼓勵增產報國的同時，要生也要養，渴盼年輕人多生產，先為他們尋好出路、覓好頭路再說。

夫妻同上班的家庭，月薪兩萬出頭，兩人加一加，亦不是很多。生了小孩，老婆回家顧孩子，老公一人賺錢太辛苦。萬一愛打牌、又愛吞雲吐霧與杯中物，每月盤算，「生吃都不夠，焉能晒乾？」

老婆不離職，請了褓母，薪水汩汩流出，還是沒啥存餘。這一來，苦了婆婆與媽媽，年輕時候帶孩子、年老時刻帶孫子。這裡痠、那裡疼，咬牙切齒，一撐再撐，徒嘆手腳被綁，辛苦大半輩子沒得閒。氣急敗壞的結果，老夫老妻為帶孫子（女），也會吵翻天。

十六、掛號

「限掛」的熱門婦產科，不起個大早，名醫看不到。

暑假第一天，六點多，正門尚未開啟，走了偏門搶第一。當靠近服務台，眼前已有數十張健保卡，排列一直線。放眼而望，等候的病患，大部分為上了年紀的阿公阿嬤。太陽還沒升起，即不約而同地前來守候這張薄薄的號碼單。

等候的時間總是格外地漫長。當有人不遵守規則、不識相地篡隊時，立即有人發出抗議聲，掛號室前吵嚷一片。

一位退休教師，照顧另一半，常要上醫院拿藥，見此情此景，語重心長地，期望下面的心聲，上面聽得到。醫院服務至上，能以木板釘製小格子，標示數字，讓先來等候的病患放置健保卡，書寫看診科別，如此一目瞭然，亦省去不必要的紛爭。而志工群，愛在沸騰，輪流幫忙。

這麼好的構思，花小錢，賺品質，何樂而不為？

另一位看護則表示，八點掛號，號碼機可於七點五十分開啟，以現場抽取號碼牌後掛號，可免去證件佔位置所造成的紛擾。

八點整，布幕輕啟，萬頭鑽動。在人群中，看到一位頭戴遮陽帽、穿著俏麗洋裝的阿嫂，穿梭人群，伸手向人索取號碼牌，但無人給她。心裡暗想，先觀察一陣，或許她抽得比較後面，若真有急事或急病，願將手上的與她交換，讓她先行看診，反正助人最樂，做這種事，也不是第一次，就當積陰德。

大感意外的是，她的投機心態。當亮燈四十六號的時候，已等待兩個小時的我，正要向前，她已提早一步在窗口前投出手中的號碼牌與健保卡。

鬧雙包？豈有此理！

冷卻了先前的惻隱之心，將手中的號碼牌，扔進窗口，告訴掛號人員：「我才是四十六號！」那位曾經被病患上網，讚嘆長得美、服務佳的小姐，很快的揭穿那位阿嫂的謊言：「阿姨，妳這張號碼牌是上星期五的……。」

因為她的造假，窗口的「認證」，消磨了一點時間。排我後面的人在其他窗口掛同一科，看診在我前面。由等待到看診，為看「名醫」，足足等了七個鐘頭，屁股都坐痛了。

期望社區更美好
——參與社區評鑑之我見

全國社區評鑑如火如荼地展開，從協調會到評鑑項目的完成，花了好長一段時日。從「社區簡報」、「成果報告」、到「評鑑主題」，族繁不及備載。而小團隊揮汗如雨、日以繼夜的努力，都是為了社區。

夏興社區的簡報大綱分為：社區概述與發展、會務推展情形、財務推展情形、業務推展情形、社區願景與期許。

社區概述與發展：歷史淵源及地理位置、夏興社區平面圖、人口結構及生活型態分析、教育程度分析、社區資源。

會務推展狀況：協會沿革、社區組織及運作概況、協會組織系統表。

財務推展情形：經費收入來源及比例、經費支出及比例、財務運用會計處理程序。

業務推展情形：推動福利社區化工作、訂定社區福利金互助用途實施細則、社區福利金用途、建構社區福利網路、推動社區發展工作、籌建活動中心興建工程、社區綠美化及環境改善工作、鄉土文化發揚及民俗技藝活動辦理、社區防災備災工作、辦理研習及交流觀摩、社區創新自發性工作、社區公害處理、持續辦理運動人口倍增計畫。

社區遠景與期許：當軍人撤離，營房、店家消失時，留在夏興的是一群在地居民與新移入者所組成的一個大家庭，在大家的互助合作努力下，秉持著傳承、創新、發展的腳步，建立清新、健康、樂活的形象，邁向欣欣向榮的目標。

圖文並茂的十分鐘簡報，由「成果報告」中抓出重點，除投影，亦用A４影印紙列印，裝訂成冊。而與擔任常務理事的另一半，所製作的「成果報告」乃以高泰社區為學習榜樣。記錄於下，供其他社區參考。

會務行政管理：各項資料（社區基本資料、社區歷史、社區地理位置、社區經濟分析、社區人口年齡層分析、社區人口統計圖、社區戶數統計、社區居民教育程度、社區自然環境、社區人文環境）、協會沿革（成立過程、發展過程）、會員會籍管理（會籍管理程序、會員成長率）、九十六年度各項會議（會員大會、理監事會議）、理監事人員名錄（理事、監事名錄）、發展協會組織架構（組織架構、組織工作執掌）、運用社會資源支援社區發展工作（人力、財力、物力）。

財務管理：財務管理資料、財務運用會計處理程序、協會經費來源（年度經費總收入比例、年度經費總收入比例圖）、協會經費支出（年度經費總支出比例、年度經費支出比例圖）。

業務推動績效：推展福利社區化工作（協會福利互助用途、辦理老人福利措施、辦理兒童青少年福利措施、辦理婦女福利措施）。推展社區發展工作（社區綠化及美化、鄉土文化發揚（春節活動、端節活動、秋節活動）、民俗技藝傳承）、社區公害處理（油庫、電訊基地台）、籌建社區活動中心、推動社區守望相助、運用志願服務推動社區建設工作、社區環境衛生改善及處理、環境清潔日活動、社區防災備災。

其它業務成果：參加內政部南區走動式績優社區觀摩、本會績效成果殊榮。

未來發展方向：九十七年八至十二月預定工作報告、配合推動臺灣健康社區六星計畫方案。

成果報告，共計五十六頁（另有附件二十一頁），配合圖片說明，完整地詳述社區的概況。略述於後：夏興古名「下坑」，民國四十五年間，更名為「夏興」。原是單一陳姓聚落，民國四十三年之後，外來族姓的相繼加入，結構已成多元化，目前社區有一百六十五戶、人口三百八十六人，現有三鄰。社區周邊的許多景點，有舉世聞名的花崗石醫院（現已裁撤，移由金湖衛生所進駐）、美侖美奐的陳氏宗祠、孚濟廟是村民的信仰中心、夏興公園、綠色隧道、美麗的沙灘……，這些都是村民和遊客休閒旅遊的好去處。夏興濱海環山、風光宜人，又是本島東西交通的樞紐。社區隸屬金門縣金湖鎮正義里行政區域，位於太武山南麓，面積約九萬平方公尺。統計陳姓與外姓各占百分之五十，早期居民務農為主，生活型態已逐漸轉變為工商及軍公教為主的生活型態。加以國民教育延長、生活水準提升，學歷亦有提高的趨勢。

為促進社區居民福利，建設安和融洽，團結互助之現代化社會，運用社區人力、物力資源發展社區服務工作。協會於民國八十八年六月十九日發起籌組，同年七月十三日奉准籌組，於同年十二月十一日召開成立大會，民國八十九年十二月十一日准予立案。

會員會籍管理及管理程序：依組織章程規定辦理。召開會員大會，選舉理監事，理事十一人（理事長一人、常務理事二人、餘八人為理事）、監事三人（常務監事一人、餘二人為監事）。聘總幹事一人，下設會計、出納、文書、總務各一人。

財務管理資料：本會收據、本會存摺、原始憑證、記帳憑證、會計帳冊設置、收支季報表、年度預算表、年度決算表、年度工作計畫、財產目錄。

財務運用會計處理程序：採購事項↓原始憑證↓相關人員核章↓記帳憑證↓現金簿↓總分類帳↓理監事審查收支季報表↓會員大會檢查年度決算表↓呈報上級機關核備↓存查。

協會經費來源：中央補助（內政部）、政府機關補助、居民捐助。

協會經費支出：人事費、業務費、購置費、雜項支出。

推展福利社區化工作：訂定福利互助實施細則（結婚賀禮、生育賀喜、敬老禮金、傷病住院慰問金、喪葬慰問金、新廈落成誌慶賀禮）、辦理老人福利措施（重陽敬老七十歲以上老人，每人壹仟元禮金。俱樂部置有茶車、有線電視、血壓計）、辦理兒童及青少年福利措施（設置撞球、桌球、舉重等器材，並設有兒童遊戲區，舉辦親子共學英語研習、電腦研習班，增進電腦技能，元宵節贈送社區兒童每人花燈一個，舉辦籃球友誼賽）、辦理婦女福利措施（邀請護理人員為婦女健康檢查及衛教宣導，開設運動教室）。

推展社區發展工作：社區綠化及美化（爭取配合款辦理眼鏡池綠美化工程，首期已完工，二期增設涼亭、健康步道，並廣植林木，提供居民休閒。配合全縣村名牌更新，周邊綠美化，增設遊覽景點路線圖。利用閒置空地，種植果樹，促進環境綠美化）、鄉土文化發揚（春節：發放禮金歡度春節、除夕夜守歲、登山進香祈福、烈嶼采風之旅、元宵乞龜，神明遶境祈求平安及搓湯圓。端節：居民總動員，包粽子與發電廠、駐軍共享，居民每人粽子五顆。秋節：月圓人團圓時刻，舉辦中秋聯誼，增進居民情感聯繫）、民俗技藝傳承（舉辦鑼鼓陣研習，配合學校跳鼓陣傳承）、社區公害處理（油庫：軍方於五十年間於社區周邊建置多座大型油庫，居民生命財產飽受威脅，九十一年起，多次陳情，召開軍民公安協調會，獲軍方善意回應。九十七年五月油庫睦鄰補助金審核會議，核定為二級補助經費六百萬元作為改善社區環境工程款。電訊基地台：基地台的架設，居民認為影響健康，陳情、抗爭之後，業主自行拆除，但社區居民對另一處所仍有疑慮，亟待釐清）、籌建社區活動中心（協會成立之初因陋就簡，設立多用途活動中心，因礙於場地設施難以發展社造功能，為健全社區組織發展，營造健康福利化社區遠景，於九十六年會員大會表決通過興建活動中心，陳報相關單位，積極爭取經費及國有地做建地，已動工興建中）、推動社區守望相助（意外災害預防，舉辦防火、逃生宣導，利用影片及實地演練ＣＰＲ、滅火器使用。金湖警察所固定巡邏社區，設立巡邏箱）、運用志願服務推動社區建設工作（推動環境清潔及資源回收，發動社區環保義工於每月環境清潔日加強環境清潔維護，九十五年度起均獲鎮公所評定為優勝。環境改造計畫）、社區環境衛生改善及處理（各家戶每日垃圾車至社區清運時，將垃圾及回收物品送出。居民熱烈參與國家清潔週活動。配合節日，實施社區環境重點清潔）、環境清潔日活動（每月第一個星期六實施）、社區防災備災（舉辦防災、救災訓練，緊急避難逃生、消防演練。消防局金湖分隊結合消防志工及社區春節元宵神明遶境舉辦防火宣導。結合民意代表、附近駐軍舉辦社區公共安全協調會）。

協會績效成果殊榮：九十二年度金湖盃桌球賽社男組季軍、九十四年度金湖盃桌球賽社男組優勝、九十五年度鎮公所推動社區環境清潔及資源回收優勝、九十六年度縣府社區發展工作評鑑第五名、九十六年度鎮公所推動社區環境清潔及資源回收優勝、九十七年度縣府社區發展工作評鑑第三名、夏興社區熱心教育服務鄉梓獲正義國小感謝狀、協助署立金門醫院社區健康營造中心打造居民自主性健康環境獲頒感謝狀。

未來發展方向：持續推動社區環境改造的執行（環境景觀）、持續推動社區守望相助工作（社區治安）、精進社區照顧關懷工作（社福醫療）、凝聚社區意識，加強人才培育，終身學習（人文教育）、持續推動社區資源回收，落實垃圾不落地及綠色消費（環境生態）、加強社區防災備災能力，減低公害（社區公安）。

評鑑項目一覽表，涵蓋了會務含行政管理、財務管理及自選主題。自選主題將它訂為「業務推動」，詳述如下：

會務含行政管理：社區各項資料、社區面臨問題（如社區公害處理、油庫、電訊基地台建構）、社區福利服務需求（如建構社區福利網路）、社區居民參與社區工作、協會沿革、社區章程變更紀錄、協會會議紀錄、協會理監事任用、理監事選票、會員會務人員聘免、協會內部作業組織、社會資源支援運用、會務人員工作訓練。

財務管理：協會經會來源、年度工作計畫、年度收支運用決算、經費收支工作執行、會計帳冊、財務收入存入金融機構情形、社會局年度補（獎）助經費、內政部年度補（獎）助經費、年度申請補（獎）助經費。

業務管理：辦理民俗節慶活動、建構社區福利網路、社區綠化與美化、社區環境衛生改善處理、環境清潔日、社區防災宣導、社區辦理運動、社區公害處理——油庫、社區公害處理——電訊基地台、籌建社區活動中心、活動中心工程合約暨建圖、航空噪音回饋金補助、活動照片、績優社區表揚、台電協助金管理規章、各項作業規定、圖書目錄暨圖書借閱登記簿。

由縣政府評鑑到全國評鑑，為任務的完成，放下了手邊的工作，投入了全部的心血，日以繼夜、風雨無阻。但就在鳳凰颱風來襲，一個不慎，滑了一跤，手腳擦傷、臀部受創。仍然信守承諾，帶著一身傷，每日報到。當夜深人靜，團隊還在埋首耕耘，每天忙到十一、二點，返家洗個澡，上床後，輾轉反側，了無睡意，腦海盡是堆疊如山的評鑑資料。下樓時刻，頭昏昏，眼前金星亂竄，腳底踩了個空，如溜滑梯般地，順勢而下，身上多處挫傷，照了X光，所幸未傷及骨頭，謝天、謝地、謝父母的庇佑。此後，每次路過出事地點，揮不去擦傷的陰影與挫傷的背影。另一半亦瘦了一圈，見他面色蠟黃、腰身寬鬆，沒時間為他進補，未扮演好妻子的角色，愧疚不已。見到他的衣帶漸寬，就在情人節前夕，為他添購兩條合身的西裝褲，犒賞他連日連月的辛勞。

去年全縣評鑑第五名，今年第三名，更上一層樓。接下來的全國評鑑，縣政府社會局與金湖鎮公所全力支援，亦邀請在水一方的教授與潘里長等人蒞金指導。

評鑑前夕，資料備齊，努力的尋覓，仍有遺珠之憾。勝算如何？心中有譜，但承諾幫忙，為了社區，必須堅持到最後一分鐘。

活動中心該有的基本配備，補齊了它，製作了「全銜牌」及附設「長春俱樂部」銅牌、志工背心、窗簾、公告欄、文具……。

資料的整理由上而下、日期由先而後排列，左邊裝訂，文字配上圖片說明，第一頁為目錄，按章節附上不同顏色的隔頁紙，外貼標籤，與目錄相呼應。

製作會場指示牌、桌上名牌、工作人員識別證。

四塊看板，每面一個主題，將成果報告以彩色版影印放大。

搭兩個遮陽棚，擺上桌椅，分別為來賓與鄉親休息區。

活動中心麻雀雖小、五臟俱全。由大門進入，右邊為活動照片、評鑑資料、興建活動中心公文及相片與平面圖、圖書櫃。左邊則為社區發展協會活動中心管理辦法、時鐘鏡子、獎牌陳列、社區公告欄（一般會務、財務報表、會議紀錄、環境清潔日、活動花絮、榮譽榜、捐獻、社區福利、長春俱樂部、夏興社區平面圖）。中央置放投影機及螢幕。會議桌整齊排列，鋪上金黃色的桌巾、擺上三角名牌、社區簡報和成果報告、便條紙、鉛筆、原子筆、茶水。

迎接評鑑的到來，準備就緒後，工作人員一一列出，從籌劃與執行、美編與攝影、陪檢與座談，鑼鼓與鄉親，詳盡地做了分組。

父親節的到來，即是接受評鑑的時刻，會場內外，工作人員依任務分配，各就各位。志工群則穿梭其間，服務來賓與鄉親。

上午十點四十分，評鑑小組來了，鄉親熱情、鑼鼓陣迎賓。委員與來賓就定位，理事長致歡迎詞後，雙方相互介紹成員。評鑑委員及領隊（黃宏謨專門委員、吳明儒教授、李聲吼教授、謝振裕教授、陳琇惠教授、洪彰君總幹事、黃淑梅小姐）、縣政府社會局（許乃權局長、李廣榮課長、吳小姐）、金湖鎮公所（李成義鎮長、蔡福林課長、陳翊景課員）、正義里陳國強里長、正義國小陳順德校長、述美國小陳為學校長、台電代表、理監事……。

拉上窗簾、按下開關，短短十分鐘的簡報，將社區特色完美呈現。

二十五分鐘的書面資料審查，一個多月地無分日夜，背負著勝敗關鍵。

社區特色呈現，二十分鐘繞景點一周。規劃路線為藥井→街道→牌樓→古厝→公園→油庫→運動室→社區電影院→五十年前第一家文具店，口述砲擊情形。

走出了活動中心，先看「藥井」，ＳＡＲＳ期間，神明顯靈，喝此井水，防ＳＡＲＳ保平安，一傳十、十傳百，守候「神水」的，除鄉親、不乏外來客。外觀英挺、口齒清晰的李課長，臉不紅、氣不喘地一路當起了解說員。陪檢人員腦海有多少記憶、腹裡有多少東西，亦都傾篋而出。

以往駐軍多，街道人潮熱絡，五金、水電、理髮、冰果、小吃、雜貨、撞球……，應有盡有，如今軍隊撤離，街道依舊在，美景不如前，孤寂的路燈常照耀著冷清的街路。

古厝增思古之幽情，然而有些已倒塌，乏人管理，雜草叢生，霉味常常伴風吹。一位來賓私下提出建言，有心人士可徵得屋主同意，除去破瓦，保古厝之地基，在既定的範圍內種植蔬菜，綠意盎然，既美觀又可維護環境整潔。

社區公園的綠美化，鎮公所常派員維護。經過「眼鏡池」，順著石階往上走，草原青青。最上方，咖啡色的涼亭駐足，俯瞰整個社區，清楚地看見新舊街道的分布，一目瞭然家戶居住的位置。再走幾步，微風陣陣的樹蔭下，圍繞著一圈鵝卵石，社區居民常打著赤腳，走在鵝卵石上方，腳底按摩，常保健康。

「社區電影院」，白色的油漆，簡單地漆在牆壁上，設備雖簡陋，可是社區長者週末夜晚聚集之地，百看不厭的黃梅調，是上了年紀阿公阿嬤的最愛。當他們眼睛盯著螢幕，腦海回憶從前，他們也曾年輕。

「運動室」，內設撞球、桌球與舉重，在這裡出入的，不分年齡層。以球會友的尚有「籃球友誼賽」，無論是社區居民、軍人或外地球友，在籃球場上互較高低，所奔馳的，乃是另一場友誼。

揮汗如雨地回到了活動中心，意見交流三十五分鐘。評鑑委員們將優缺點一一列出，同時提出建言。如社區回饋金的運用、經費使用問題、環境景觀、社區人才培訓、關懷老人服務及訪視老人紀錄、經費的鍵入電腦以方便整理、活動中心功能、圖書整理、成果報告的完整及用心……。

為了節能減碳，不鋪張、不浪費，秉持雙手萬能。整理、影印、布置……，團隊靠雙手，雖非專業，但努力投入心血。算一算，此次評鑑，沒花幾分錢。

付出心血，有噓聲，不一定有掌聲，但團隊確實努力過了，用心看得見。十一月份，理監事即將改選，眾說紛紜，有人懷抱理想，如選民意代表般地積極。然而，觀過去、看未來，社區是大家的，期望未來主事者，為全體居民著想，將錢花在刀口，嚴格把關，不負眾望。而資料的保存，能更完善，免重蹈覆轍，猶如此次評鑑，找資料，如大海撈針般地無奈與無助。

未來，期望社區更美好！

鼠來也

新春第一砲，老鼠來報到。

居住村落，白晝飛機聲、夜晚車聲與人聲，多年的噪音困擾，耳朵總是如蟬鳴般，難以入眠。

思前想後，另覓處所，長遠盤算，孟母三遷。

看上了一棟中庭花園，靜謐的地方，惹人愛憐。二、三樓白色的磁磚，素雅的顏色，我很喜歡。但一樓的咖啡色地磚，非我所愛。我喜歡喝咖啡，卻不太喜歡暗沉的、咖啡色系的東西。除此之外，沒停車位、交通不太方便、價格居高不下，與預算差別太大，故而作罷。

不捨的離開那花園般的住宅，回到了窩，腦海仍然浮現方才的景象。十幾年前、地方限建、房價偏高、一屋難求、無殼蝸牛一屋租過一屋、看房東臉色的悲哀、實在難捱。夫妻省吃儉用、外加貸款所購的店屋，駐軍多、沒做生意，殊為可惜。但擁有一個窩、一個屬於自己的窩，面子、裡子都有，心安慰許多。

單看房屋外表，不解包裹在水泥裡的屋宇結構，住了才知難過。

新居落成一段時日，壁癌處處、雪花片片、水管裂痕……。找來抓漏大隊，抓不著漏處；尋來師傅動土，拆牆換新，仍然沒啥效果。花錢找罪受，日子卻是不好過。

第一次購屋，花錢買經驗，發誓不再簽約「預售屋」。「有性命」買第二次房子，一定要小心謹慎。

整理了思緒，上了二樓，外頭仍是一陣吵，人很累，哈欠連連，就是睡不著。

再爬幾個樓梯，上了三樓小套房，關上房門，寧靜許多。告訴另一半，即日起，這恬靜的地方，屬於我的天地。另一半張大了眼，少年夫妻老來伴，何以不睡同一張床、早早要分房？

一怕懷孕、二怕吵、三要思考、四要清醒頭腦……。搬出了一堆理由，勉強地說服了他。

隨身攜帶的配備，搬上了三樓，擁著這間靜謐的房間，好睡許多。尤以「懶惰人、屎尿多」，半夜上洗手間，那冷冽的日子，不必向先前那般，縮著身子，走好幾步路才到達，下了床，隔十公分的磚牆，不必走遠，馬桶就在旁邊，真是太方便了！

「做娘容易奴婢難」，小時候衛浴設備不普遍，尿壺、粗桶，擺在每個家戶的小角落，家中大、小解不是拿到田間當肥料、就是起個大早或夜深人靜之際，有點怕人瞧見般地、倒入屎坑，汲取深水井的水洗滌，然後用「破掃帚頭」刷乾淨。不嫌髒、不嫌臭、亦不嫌麻煩。而當手電筒照明，燈光現人影，村落的婆婆媽媽、鄰居的阿嬸阿姨，都是熟面孔，打聲招呼，妳來、我來、大家都來了。

隨著時代進步，村莊有了公廁，但無沖水設備，雖有專人管理，但一天清洗一次，每天第一個「上門」的最幸運，舒適的空間、整潔的地面、乾淨的茅坑，舒服許多。後面的人，就沒那麼幸福了，眼觀堆疊的「黃金」、手揙紛飛的「金蠅」，大熱天，一條條軟綿綿的蛆蟲，鑽呀鑽，鑽到腳邊，心慌慌。

隨著時代又進步了，家家戶戶衛浴設備不可免，講究衛生，如廁「即時通」，水一沖，乾淨溜溜不留臭。然而，卻造就了我這軟骨頭，愛套房，就為「方便」。

某夜，進入了甜甜的夢鄉，正做著美美的夢。突然，浴室那頭，傳來了前所未有的聲響，躡手躡腳地開燈查看，什麼也沒有，開始懷疑耳朵是否有問題？

回到床上，拉緊了棉被，繼續未完的好夢。但是，方才的聲音又再耳邊出現，是靈異嗎？深吸了一口氣，專注地聆聽，好像是「老鼠」耶！

天哪，牠是怎麼進來的？門窗關得很好呀！

人家發酒瘋，我是想錢想瘋了。多麼希望躲在浴室偷窺的是「錢鼠」，傳說中，見到錢鼠財運到。不簽賭、不投資，沒有生意頭腦，只想中中統一發票！偏偏，沒偏財運的人家，每次中獎，就是兩百塊錢。哪天如我所願，賺到第一特獎，想必作夢也會笑，為了表示誠意與慶祝，燃一串長長鞭炮。

年輕的時候，住在田莊，鄉下瓦斯不普遍，家裡有一間柴房，整齊堆列木麻黃和木材，以備炊事之用。那間柴房，別的沒有，老鼠最多。一家老小，人手一支掃把，見鼠就打，人鼠交戰的時刻，奮力圍剿鼠輩，總是凱旋而歸。

軍管時代，麻雀腳與老鼠尾巴可是搶手貨。一隻隻的死老鼠，不是用來啃棺材骨頭，而是用來賺錢，每條尾巴叫賣二十塊錢，愛買不買不勉強！你不買、嫌貴嫌賣相，「一鼠難求」，後面還有很多人排隊在拜託。那穿著草綠服的阿兵哥，既要上課、又要出操、還要演習，沒有多少時間抓老鼠，善良百姓幫了他們很大的忙，讓他們在既定時間，交出亮麗的成績單。因此，無人敢討價還價，訂了貨，再遠的地方，也會信守承諾地、利用洽公之便，背起「摸魚袋」來取。

抓老鼠，比洗草綠服輕鬆多了，一套軍服，洗、晒、收、燙、摺，忙了老半天，也不過才十五、二十塊！遇到節儉的阿兵哥，不穿個「油漬漬」，不會送洗。刷汙垢，一遍又一遍；汲井水，一回又一回。反映成本與體力，抓老鼠，輕鬆多了。

有時，一個失誤，老鼠逃之夭夭，貨源短少。只好騎著那輛二十四吋的淑女車，帶著塑膠袋，到別個村落，挨家挨戶地搜購那一條條、有一點點屍味的老鼠尾，賺點蠅頭小利，亦對阿兵哥有個交代。但是，如此作法，未必每回都能出擊成功，常是汗流浹背、收穫不多。索性，上街買幾個「老鼠籠」，在籠裡放上香噴噴的餌，誘老鼠上鉤。嘴饞的牠，聞香而來，嘴巴觸動了掛鉤，大門自動深鎖，這種出奇制勝的做法，既不傷財、亦不勞神，屢試不爽、屢有所獲。但老鼠屎、有夠臭，在牠落腳之處，畫個「圈圈」、灑些「豆豆」，就夠折騰人了！

年輕時，老鼠不覺可怕，來一隻、抓一隻，來兩隻、抓一雙。現在有一點年歲了，竟怕起老鼠來了，或許是「殺生」太多、親嘗苦果？

鼠疫橫行，我可是為民除害！已過往的老鼠，可別找我算帳。

聽見鼠聲、憶起鼠事，思緒拉回現實，嚷嚷另一半：「快來呀！有老鼠！」

另一半三步併做兩步，飛奔而至。左瞧瞧、右瞧瞧，原來紗網破了一個洞。勘查現場，斷定老鼠就在裡面。

一番追趕跑跳碰，廝殺的結果，另一半佔上風，不一會兒功夫，手到擒來。

清洗浴室與房間，取下了床單與被套，餘悸猶存地，尾隨另一半下樓。他回頭：「老鼠已經抓到，趕快去睡。」

我清了清喉嚨：「床單和被套，已經丟入洗衣機，睡起來不舒服。」

「拿一組新的。」他貼心地說。

「不用了，明天就會乾。今晚，我下樓睡。」

「妳不是嫌二樓吵嗎？」他露出詭譎的笑容。

「就吵一晚而已，沒關係。」老鼠出現，超沒安全感。想一想，與其半夜跟老鼠睡，還不如睡到老公身邊較溫暖，深深體會，一個家，不能沒有男人呀！

「惡人無膽。」他揶揄。

「才不哩，我年輕時候，可是抓鼠大隊！」功力大不如前，現在說這句話，覺得有一些汗顏。

「好漢不提當年勇。」他側著頭，忽喊：「老鼠！」

「在哪兒？你快點抓呀！」心驚脣抖地、嚇得花容失色。

「抓鼠大隊，這隻死老鼠，有勞妳處理。」他拿著已放在塑膠袋的鼠屍，在我面前晃了晃。

這樣嚇人，死了很多細胞哩，真是「夭壽死囝仔」！

「你是不是男人呀？這點小事，也要我處理。」顫抖地指責，真不曉得自己年輕時的那股「捕鼠」的衝勁到哪裡去了？

老鼠潛入家中的那一晚，人鼠同屋的那一幕，至今難忘。叮嚀著另一半，趕快將紗窗拿去修理。別哪一天，鼠輩又橫行，無膽的老婆大人可是會被嚇得魂飛魄散。

婆與媳

寂靜的村莊，樂音悠揚，福嬸娶媳，傳遍千里！
月老紅線牽，曲終人散，思姻緣、揪心房，紫晴媳婦不好當，淚灑新娘房！

一、

三十年前的父母之命、媒妁之言，福叔、福嬸締結良緣。三十年後，唯一的兒子，木訥寡言，交女友，難上加難。

樂觀開朗的福叔，堅信兒孫自有兒孫福；坐立難安的福嬸，焦急媳婦不來、香火何在？

「放假天，窩在家裡，不出去追女朋友，你娘要等到什麼時候才能抱孫子呀？」每當唐國慶休假在家，福嬸總免不了在耳畔嘀咕。

「我看到女孩臉就紅，說起話來，舌頭打結，不知道從何追起？」唐國慶搓搓手，逕自低頭看他的書。

「你都幾歲了？再不娶某，將來人老嘴鬚白、父老子幼，不怕人見笑。」福嬸急切地說。

婚姻大事，要兩情相悅，我去追人家，亦要人家願意。而且，我喜歡人家，人家不一定喜歡我！」唐國慶吞吞吐吐地說。

福嬸瞇著的眼，突然間，黑白分明的眼珠看得很清楚。她瞪大了眼睛，嘴角泛起了笑意，「你有意中人了是不是？」

「是有那麼一個。」唐國慶緩緩道出存在心中已久的那個影子。

「一個就夠了！」福嬸急急問：「是哪家千金？今年幾歲？長得怎樣？有沒有乖乖的？」

「種田人家、聽說二十六歲、很乖巧，就是沒讀什麼書。」唐國慶敘述著董紫晴的模樣。

「會理家就好了，女孩子書讀再多，也是要走入廚房。」福嬸喜孜孜地：「明天就找人去說媒。」

二、

緣份到，牆亦擋不了。

「無三不成禮」，媒婆說親，三次搞定。

務農人家，務實性情，嫁女兒，不索聘金。然而，島嶼民情風俗多，婚嫁禮俗忙昏頭。

「說親」三日，男女雙方無牲畜損傷、亦無摔破碗的跡象，視為良緣。福嬸喜上眉梢，催促媒婆快馬加鞭。

「合八字」，相差四歲的兩人，締結良緣、富貴成功，子孫世世代代幸福慶有餘。福嬸樂開懷，走出相命館，嘴中喃喃唸：「這個媳婦好！」

挑選好黃道吉日，取雙方家長之姓名印喜帖，同時估計女方分送親友需要多少喜餅，一份喜餅配上一條喜糖。訂婚前數日，媒婆、唐國慶、董紫晴，在男女雙方親人的陪同下，到市區選購訂婚物品，化妝品、衣服、布料、金器、髮飾、別針、大春、枝仔花……等。聲勢浩大地走在街上，商家探頭望、路人側頭看，又有新人購衣裳、準備入洞房。平日不是很貴的衣物，一生一次，此刻，某些奸詐的商家，哄抬價碼、趁機敲詐。

文定之日，董紫晴起個大早，上美容院整髮、化妝。唐國慶則是西裝、襯衫、領帶、皮鞋，從頭到腳一身新。

福嬸家的客廳，供奉著神明與祖先，拈香稟告，家有喜事，願神明保佑、祖先庇佑。

發福的媒婆，腹部微凸、著旗袍，一圈贅肉。首趟送來金飾、喜餅、糖果、禮燭、鞭炮、香、金紙；兩個花籃分別置放金飾、化妝品、桔仔花、髮夾、聘金。

女方退還聘金、一部分桔仔花、喜餅、糖果。同時於花籃放入刻名字的金戒、西裝料、襯衫、領帶、領帶夾、手帕。附加二砂糖、棉花、麥、犁頭西、白殼、桂圓、芋頭、糖、冬瓜、紅豆、米、韭菜、木炭。

第二趟，媒婆陪同唐國慶至女方家「吃茶」，攜帶餅乾及水果禮盒共六色，紅包分岳父、母及總禮。

董紫晴將甜茶置於茶盤，端到唐國慶面前。唐國慶面紅耳熱地，不敢正視董紫晴。而在媒婆的示意下，取茶「壓」手錶，但節儉持家的董紫晴手腕已配戴手錶，堅持不再購買，唐國慶改以金手鍊代替。接著食點心，媒婆、司機、唐國慶，每人一碗公。按習俗，必須留底只能淺嚐、不能食完。

女方給了媒婆禮與司機紅包。媒婆此趟攜回女方退還之吃茶禮、部分禮盒。同時載董紫晴至唐國慶家，參與中午舉行的「訂婚宴」。

日期敲定，配合唐國慶的申請手續，董紫晴將照片、體檢單、戶籍謄本一一交給了唐國慶。並且按照婆家習俗，量了祖母、婆婆、義母的鞋長，一雙鞋配一雙襪，外加祖母金夾、婆婆與義母金花。公公及義父則為昭帽與圍巾。

結婚前十日，男方「搓圓」及「送圓」分贈親友。

結婚前六日，男方攜兩只皮箱至女方家。董紫晴的母親於神明前拈香，在眾親人的圍觀下，董紫晴將化妝箱上蓋處、那有鏡子的地方，以繡有「囍」字的粉紅色巾，在四周各用紅線縫上一枚銀元。化妝箱內簡易地置放化妝水、乳液、隔離霜、粉餅、口紅、護脣膏、香水。兩只皮箱置放花被、圍絲裙、飯巾、雙連巾、衣物、鞋襪、銀元、現金、定期存款單。

結婚前三日，董紫晴的母親以紅線幫她「挽面」，椪粉均勻地擦在臉上，將繫在手上的紅線，拔除顏面的汗毛，再將眉毛修飾成柳葉眉。末了，塗上一層雪花膏，白裡透紅的臉更顯嬌嫩。

董紫晴即將出閣，董母不捨，邊擦拭著淚邊以三牲、金紙拜神明，並乞得「爐丹」，溫水攪拌讓董紫晴喝下，祈求平安。碗底的渣渣，則倒於屋後的牆角下方。同時，用兩粒土雞蛋燒水，冷卻後沐浴、洗頭，熟蛋則食下。

從合八字開始，男方沒一刻閒著。唐國慶每日撕開一頁日曆的時候，心頭就一陣歡喜，趕辦喜宴，忙得更起勁。

喜帖的印製、「母舅聯」的懸掛、新郎燈的訂做、廚師的挑選、再到新房的裝修，花了唐國慶不少積蓄。但善解人意的董紫晴耳提面命，萬事起頭難，要他別鋪張。

安床後的「翻鋪」，忌諱虎，鍾愛龍，不要女、只要男。村子裡，生肖屬龍的小男生，此刻最吃香，「陪睡」一夜，隔日睡眼惺忪，紅包已握在手心中。然而，眾新郎倌最擔憂的，莫過於「龍兒尿床」。唐國慶整夜未眠，除興奮娶得美嬌娘，亦緊張龍兒尿灑新娘房。傳說中，龍兒尿床有多子多孫之兆，然而無人願意新床灑一片、尿騷味滿房間。

兩新人奉父母之命，省車陣、樂隊、「鼓吹」之開銷，走了公證結婚的路線。但新禮未設、古禮未除，風俗不能免。媒婆代男方送至女方家，「伴擔」之豬肉折合現金，要一擔、給一萬，董家要八擔，折合現金給八萬。

福嬸苦於唐國慶老大不婚，神明跟前許下諾言。還願之時，於舊厝佛廳謝神，上演「傀儡戲」，曲終人散，將一個椪粿（上面擺三粒紅圓）拿至新娘房，置放床中央，上插三炷香，待洞房花燭夜再行移走。並且由媒婆攜半頭豬肉及麵粉製做成的羊隻、婚書禮、結婚證書至女方家。董紫晴的父母亦準備了紅包和五花肉，分別贈與媒婆、駕駛和擔肉之人。

宴客時的「新娘桌」除新郎外，依習俗全為女性，且以「十全」者為優先考量，意指父母健在、家庭美滿者。

婚後，董紫晴按習俗，隔日起個大早奉茶及婚後三日內，擰毛巾讓公婆洗臉。因叔嬸同住，福嬸要董紫晴遵照辦理，「上山觀山勢、入門觀人意」，董紫晴照辦。

「歸寧」之日，董紫晴的弟弟到唐家「叫做客」，新婚夫妻準備了四色水果兩色餅，椪粿、燭、炮、金紙、紅包。

董家宴客後，新婚夫妻不能太早回男方家，不見太陽見月亮，「摸黑返家生懶趴」。臨行前，女方退還「看禮」，部分水果及禮盒。另備米糕、「面前」、金紙、燭、炮，讓董紫晴攜回婆家拜神明及床母，「面前」則分贈諸親友。而甘蔗及「帶路雞」亦是習俗中不可缺少的。

唐國慶完婚，與董紫晴相敬如賓，恩恩愛愛地，羨煞了鄰居與親友。然而，看在福嬸的眼裡，董紫晴搶走了兒子，再加三姑六婆的慫恿，口口聲聲要將董紫晴當女兒看的福嬸，變臉如變天地，再也不給董紫晴好臉色。緊接著，四處宣揚，娶董紫晴高價聘金，總額七、八十萬。

董紫晴百口莫辯，不識村人的臉孔，不知他們心中如何想？只是謠言滿天飛，夜夜淚灑新娘房。此椿姻緣是良緣、是孽緣，問上蒼？

董紫晴細思量，由訂婚到結婚，娘家收受禮，分別為：購布匹及化妝品（一萬八千一百四十）、訂婚之禮（吃茶六萬、岳父六千、岳母六千、外婆兩千二、總禮兩萬六）、伴擔（八萬）、結婚之日（紅包一萬二、婚書禮四萬）、歸寧之日（叫做客紅包六千四、岳父六千、岳母六千、外婆兩千六、總禮兩萬）。

合計結果不到三十萬，福嬸虛張聲勢，多報一倍以上，董紫晴難堪，心有千千結，鬱鬱寡歡怨上蒼，思想斷姻緣，但生米已煮成熟飯。

福嬸耳根子軟，見風即是雨，傷了董紫晴的心，婆媳不睦傳千里。婆婆難當、媳婦難捱，分隔兩地成定局。追根究底，婆媳之間，沒啥問題，就出在三姑六婆茶餘飯後的多事、多話、多挑撥。福嬸耳根軟，紫晴痛心肝。

拜拜

一、

島嶼拜拜多，初一、十五拜，初二、十六拜。婚喪喜慶，無一不拜。沒燒香，禍事多；有燒香，有保佑。老一輩的如是說，年輕一代問號多。

房間裡隱約傳來了吵嚷聲，新婚夫妻，「新茶鼓、新烘爐」，該是如膠似漆甜膩膩，怎能翻臉如翻書，說吵就吵、說鬧就鬧，屋宇不寧靜，耳語傳千里，讓左鄰右舍增添茶餘飯後的笑柄。

村莊幾十戶人家，懂禮俗的屈指可數，已是兩鬢雪霜的老前輩，擔憂後繼無人，要晚輩隨風習俗。而大部分的年輕人，思及「隨風入港」，不是沒空閒，就是沒興趣。

「想當年，婆婆使一個眼神，我就知道往東還是往西。現在天地倒反，棺材入一半，已是一個要死的人了，還要看媳婦的臉色。」幾位老人家在樹蔭底下乘涼，囥好孀第一個發難。

「妳那個媳婦哦，我也不想講，姿態擺得高高的，以為自己年輕學問好，一點也不懂得尊重別人。」多事的花羅孀添油加醋。

「就是說嘛，我叫她拜拜的時候要多煮幾樣，她說一餐吃不完，回鍋菜不好吃，堅持一部分用水果取代。我要她多燒銀紙，她說燒多了製造污染。總是跟我唱反調，妳們說氣不氣人嘛？」

罔好嬸又嘀咕了起來。

「我們做事的時候，她不知道在哪裡呢？也不掂掂斤兩，太不像話了。世界這麼大、查某這麼多，妳怎麼會摸到這款媳婦？真歹失德哦！」花羅嬸那張愛挑撥的嘴巴，在村里出了名，那見不得人好的心態顯露無遺，繼續說：「這款媳婦不要也罷。」

「娶某了兒子啦！這個了尾仔子，細漢是老母生，娶某過後是老婆生。阮講十句，不如他老婆一句。想他小時候，吸奶就像吸血水，兩顆奶頭吸得破皮又萎縮，還擔心他營養不夠。轉大人也討了媳婦，暗暝睡覺暖被窩，伸手就有女人摸。幫他討老婆，要他定心又定性，怎知他會善變沒良心。我只要開口說他老婆，他就說我想太多，講我年紀大了，含飴弄孫就好，其他的，交給他們年輕人。嫌我老了不中用，我是老了，但這個家作主的還是我呀。」罔好嬸微微嘆了一口氣。

外表看似仗義直言，實際滿肚壞水的花羅嬸逮到機會繼續挑撥：「妳辛苦了大半輩子，娶了媳婦就要『牽教』，現在沒壓到底，將來她會爬到妳頭上灑尿，哪天妳嘴巴不能說、手腳不能動，被她『苦毒』，到時候生不如死呀。」

二、

罔好嬸心事重重地一個人坐在客廳，對著祖先牌位發呆。心裡暗想，年輕時候尊公婆、侍丈夫、撫兒女，還要上山下海外加忙拜拜，婆婆一個口令，她就一個動作，絲毫不敢怠惰，「服從命令」是她的座右銘。如今兒已長成，以為心上一塊石頭落了地，卸下肩膀上的重擔，從此可以寬鬆，看來時運不濟，非要煩惱到閉眼睛。

「阿母，天色已暗，怎麼不開燈？」騎乘機車下班回來的兒子建清，取下了安全帽，順手按下日光燈的開關，關心地問。

「回來啦？」罔好嬸微嘆一口氣，「心情歹啦！」

「誰惹您了？」

「不就你那厲害老婆嗎！街頭巷尾人人都在說，我的媳婦在改風易俗，我都還沒死，神主牌位尚未刻名字，這個家輪到她作主啦？」罔好嬸翻著白眼說。

「阿母，您管人家怎麼說，外面那些三姑六婆本來話就多。我們自己過得好，管別人在那裡囉唆。」建清邊脫下薄外套邊說。

「你就是這樣，有本事討老婆，沒本事管教，削死削眾。」罔好嬸不屑地，「削你老母的面啦。你阿爸已經抬去埋，沒人管得動你，早知你這麼不孝，出世時就把你捏死。」

「阿母，說句公道話，碧蘭很努力地在持家，從結婚到現在，妳們之間，除了拜拜，各持己見、溝通不良外。其他的，好像沒什麼問題。我想，您就清心的過日子，不要再煩惱這些事。」建清極力溝通。

「你的意思是要我閃一邊，我老了，不中用了，要趕人啦。是不是？不用你趕，我自己到地下去跟你老爸說，看他養這個不肖子，忤逆老母對不對。」罔好嬸氣急敗壞。

「阿母，您明知道我沒這個意思。」建清無奈地說：「您別生氣，讓我找時間，好好跟碧蘭溝通溝通。」

三、

「碧蘭……」建清吞吞吐吐地：「阿母她……」

「我知道你要說什麼。」碧蘭一臉嚴肅地說：「你們剛才的談話我有聽到。」

「現在這個家是阿母在作主，妳就讓一步，每天相處在一個屋簷下，出入相見歹看臉，會讓人笑話。」

「你是知識份子，怎麼這般迂腐？」碧蘭氣鼓鼓地說：「你們家，一年固定有三十幾個祖先的忌日，還有廟宇作醮、祠堂奠安、神明生日、犒軍拜地基祖。逢菜日，島嶼繞一圈，跪拜加「添緣」，大小廟宇沒一間放過，拜拜求心安，非要大金大碗公嗎？島嶼這麼小，不是親戚就是朋友，今天這個生、明天那個死，不用紅白包嗎？我們收入有限，支出無限，我這樣拿捏，哪裡錯了？」

「妳小聲一點，等一下被阿母聽見了不好。」建清壓低嗓音說。

「我就事論事，誰聽到都一樣。」碧蘭賭氣地說：「早知你家要拜那麼多死人，就去嫁基督徒。」

「阿母說，有拜有保佑，沒拜禍事多。」建清自小耳濡目染，據實以告。

「心地善良最重要。你們家不問蒼生問鬼神，簡直天大的笑話。誰說一定要拿香？人家信天父、天主的也是很有成就呀。每個星期天禱告、唱聖歌，哪需要聞那麼多『煙味』，聞久了會致癌的。」

「越說越不像話。」碧蘭激惱了建清，建清氣憤地說：「妳要清楚，妳已經是我的老婆，嫁雞隨雞，該拜的時候就要拜，免得禍延子孫。」

「一天到晚忙拜拜，都拜昏了，你來拜拜看，別出那一張嘴巴，叫人去死。既然你不為我設想，大不了離婚，誰稀罕回鍋菜。」碧蘭氣急敗壞地說。

「說老人家迂腐，那妳自己呢？書讀到哪裡去了？離婚這樣的字眼妳也說得出口，知不知道三從四德？」建清摟住她，企圖澆熄她身上的怒火。

碧蘭一本正經地，「談正事，少來這套。」

「兩個女人的戰爭，我是無辜受害者。夾在中央，裡外不是人，說阿母對，妳心裡不舒服；說妳對，阿母又不高興。」建清一臉委屈地說。

「那你就別說話，當啞巴也不會少一塊肉。」碧蘭不屑地說。

「阿母怕人說閒話，妳就忍耐一下，拜拜時多煮一點。等以後我們當家，再照妳的意思。」為家安寧，建清懇求碧蘭答應。

「辦不到。」碧蘭理直氣壯地說：「都什麼時代了，觀念還這麼守舊。」

四、

罔好嬸在房門外聽了好一陣子，衝了進來，火冒三丈地質問：「妳的意思是說我老番顛嗎？」

「阿母……」碧蘭被這突來其來的舉動嚇了一跳。

「妳給我說清楚。」罔好嬸兩眼直瞪。

「阿母，我的意思是，拜拜是心靈的寄託，不必太鋪張，這樣傷財又傷身。」碧蘭解釋著。

「這是老祖宗留下來的規矩，誰敢不從？不好好地拜，祖先會來討，死人死人直，誰負責？」罔好嬸堅持她的看法。

「我只是覺得不需要如此……」

未等碧蘭說完，罔好嬸大嚷：「妳要捧我家的飯碗，就要照我家的規矩。至於妳愛怎麼拜，等我死了，輪到妳作主了，妳再打算。」

站在一旁的建清，不知所措，夾心餅乾，有夠難受。

拜拜時刻，「量」的多寡，因人而異。但傳統家庭有著傳統的做法，身為現代人，妳該怎樣拿捏？

浯鄉見聞錄

一、路權

車駛木棉道，微涼晨風飄臉龐，早起的人兒上市場。早餐店生意好，口感對、胃感佳，進出捧場如走廚房。

路中央，亮晶晶的黑色轎車如入無人之境，大大方方地停放，無視前有來車、後有人潮。觀察一陣，後座下來一位腳踩直排溜冰鞋的女孩，小心翼翼地走向早餐店。駕駛座上時髦的女子，猜想應該是小女孩的母親，年輕的媽媽握著方向盤，原地不動。

不太寬廣的道路，前後各有行人，駕駛技術不是很好的另一半，進退兩難。等候許久，我推開了車門，往前走去，「小姐，不好意思，麻煩妳移個車，讓我們過去一下。」

正低頭摸兩個皮包的她，手一比劃：「妳從旁邊開過去。」

路的左側已停放一部，再加她的，一前一後。蛇行沒本事，飛天遁地沒功夫。「小姐，距離太窄，技術不佳，有勞妳幫忙，移一下就好。」

她瞄了旁邊一下，指著她的前方、我的後方，「妳不會倒車，從後面開。」

愣住於她這有趣的回覆，亦感嘆世風日下。買早點的人群，怎麼沒人幫我講話？現代人都這麼冷漠嗎？

仗義執言的人來了，真是謝天謝地謝父母。那個站在騎樓下、穿著藍色長褲、黑襪與黑鞋的仁兄，與我素昧平生，卻站出來說了公道話，對著車上的那位女駕駛說：「小姐，這本來就是妳的錯，妳車子停在路中央就是不對，路是要讓人家過的。」

「她不會從後面倒車。」她的手又比劃了一下。

「她就是要經過這條路，妳把車子擋在這裡，人家過不去，是妳不對。」

終於，她移車了。不是靠邊停，移她的右方，而是移向她最方便的左方，離早餐店最近的地方。

道路暢通，考照時候的S型路試有其必要，另一半在這個時候發揮了他的功力。

經過了那位仁兄身旁，「先生，謝謝你的仗義執言，感恩。」

「不客氣，應該的。」黝黑的皮膚，燦爛的笑容，露出了潔白的牙齒。

現代人怕事的心態，路見不平、敢拔刀相助者，似乎不多見。

城鄉的車輛逐漸增多，講究行的安全，當不遵守交通規則之人將車亂停放，車堵出口，讓人進退兩難時，不禁感嘆：社會在進步，道德觀在退步。

二、麵攤一瞥

豬隻屠得少，上等豬肉難尋找。放暑假，想包水餃，慰勞一家大小，豬攤尋尋覓覓，漂亮的腿肉不知在哪裡？

島上眾普渡已近尾聲，菜市場沒啥人群的某個清晨，開開心心地走在前頭，挑選美美的豬肉，清洗過後，加上馬蹄罐頭，絞肉機那邊，細小的碎肉裝了一整袋，返家拌勻土蔥與高麗菜，輕灑調味料，揉揉捏捏，金元寶、好運到。這孩子的最愛，全家一起總動員，別有一番滋味在心田。包水餃，肉與皮缺一不可。以前年輕，喜歡麵粉和水搓搓揉揉，以空酒瓶桿麵粉皮。現在有個年紀了，物價上漲的今日，反應成本，更該動手做。隨著體力越來越差，人越來越慵懶，沒三餐吃外面，依然廚房吸油煙，不禁讚嘆起自己，還是個不錯的女人，有家庭主婦的概念。

走進麵攤，攤位上剩下兩包商家由冰箱剛取出、昨日剩下的水餃皮和一點點的拉麵。為新鮮起見，等候半個多小時。除了等，亦不忘尋覓靈感，那穿梭的人群與車輛，都是我找尋的對象。

商家的勤奮，有目共睹。然則，「不老實」的一幕映入了眼簾。清晨，現做的拉麵裝了一大臉盆，有個年歲的阿嫂將昨日剩餘的，放在一斤袋的下方，上面置放現做的，魚目混珠。此時，來了一位熟識，他先看到我，寒暄後，正要購買。雞婆的告訴他，臉盆裡才是新鮮。阿嫂則拿起那一袋，面不改色地說：「這是今天的。」

「古意」的先生伸手觸摸拉麵，摸了上面、沒摸下面，就這樣上當受騙。

當他帶著靦腆的笑容離開，我不屑地看了阿嫂一眼，要不是市場水餃皮一枝獨秀，才不買哩！再看看袋子中的水餃皮，上方皮薄又小張、下面則是皮厚又大張，各佔二分之一的比例，小張的包水餃、大張的常拿來做小籠包。不然，就是包得好大一個，能看嗎？像在吃小一號的「菜粿」！

三、小心車門

城區車站的斜坡，兩車交會，勉強通行，但前有堵車、後有來車，寸步難行就傷腦筋。右前方駕著黑色轎車的年輕駕駛，下車買香雞排，車門敞開，佔用馬路，堵不了行人，堵了後面的車輛。

等了一陣，沒有動靜，年輕人正聚精會神地等候香噴噴的雞排。嘴饞人人會，不守交通規則讓人不是滋味，胸口突地一陣怒火，下了車，上前幫他關上車門，順便指揮起交通，使街道暢通。

擺了一張不是很好看的臭臉，邊擺手勢要車輛向前行，邊側頭瞪那個無動於衷的年輕人。神色本不悅，當後頭的一輛計程車駕駛經過身旁時，他會心的一笑，又說了聲謝謝，再揮手道再見。那種溫暖的感覺襲上心頭，原來，我表現不錯。

接著，那個年輕人走來了，沒有道歉，直接啟開車門，上了駕駛座。自認修養不夠，本想義正嚴詞地代他父母跟他上一課。霎那間，收斂起怒容，發出慈母的音容：「下回買香雞排，記得關車門哦！」

車駛離，我竟然不生氣了。

四、牌友

平日感情很好的親友，一上牌桌，廝殺的結果，你死我活、反目成仇。個人調劑身心大不同，有的靜、有的動。動靜之間，以不影響他人為原則。打牌消遣，不一定有錢有閒。

坊間最流行的「四色牌」，分為綠、白、黃、橘。不會玩的，看得眼花撩亂；喜歡箇中滋味的，則是百玩不厭，可以不吃飯、不睡覺，就是不能不報到。看她們由屋內賭到屋外，佔據騎樓與道路，外加擺上路障，可見一斑。

走到哪邊，無論都市或鄉間，常看到四至五人圍一圈，少則一桌、多則數桌，賭大賭小，依人而異。

本是打發時間、維繫情感。講到錢，傷感情，輸贏一線間。贏家固然開心、輸家也別惡臉相迎。前一刻，姐姐妹妹好情感，邀約逛街道，返家牌桌見，既定的規劃，悠閒人生死錢不死人。後一刻，仍是好情感，邊打牌、邊聊天，誰家丈夫有女人、誰家妻子討客兄、誰家的孩子長得不像父親樣……。隨著「胡」聲四起，幾家歡樂幾家愁。桌上的「粒子」越多，財源越廣，看天空，日頭別下山，越想玩得久。自家粒子不夠用，東家借、西家借，越借越多，心越煩、氣越燥，能提早結束該有多好。於是，找了藉口，溜之大吉，掃了大家的興，也毀了自己的格。

從此，一桌人作鳥獸散，說彼此的閒話、揭彼此的瘡疤，真真假假，只為「牌品」差。應驗了「牌桌上面無真情」。

打牌，玩假不刺激，玩真斷友誼。輸不起，就別玩了。

五、內心世界

樹蔭下的石階，坐著一位高齡九十五歲的老阿嬤，看到了我，笑瞇瞇地揮手，「查某囡仔，來這坐。」

歲月在她的臉上烙下了一條條深深的皺紋，硬朗的身軀、樂觀的心情，訴說著女兒對她的好。阿嬤有兒子、也有媳婦，但她和女兒住了二十幾年。孝順的女兒，嫁了尪婿、育了兒女，仍然接她一起同住，伺候著生活起居。

兒子有成就，亦蓋了高樓，屋宇潔淨、房間舒坦。入新居，阿嬤只住三天就閃人，「鼎蓋鼎，別人的子」，與媳婦說不上話。

阿嬤與女兒談心，女兒了解阿嬤心情，將她服侍得窩心。然而阿嬤告訴我，白天年輕人去上班，住家附近又沒有老人伴，沒人能陪她說說心事、聊聊天。當阿嬤迸出一句：「我已經九十五歲了，怎麼還不死？這樣活著有什麼意思？」

阿嬤道出心境，白天沒人陪，躺在床上睡不著、坐在石椅沒人聊。聽得很心酸，很想告訴她，我曾去一個地方找靈感，那裡是「老人世界」，有很多跟她一樣的長者，長年居住於此，彼此相扶持。只是，開不了口，她的兒子曾經很有成就，尊嚴掛臉龐，孝不孝隨人講，島嶼這麼小，聲音那樣大，閒人說閒話，會願意讓阿嬤去嗎？而阿嬤自己的思維又如何呢？

即將離開，跟阿嬤道再見，老人家伸出那雙乾癟枯瘦的手，告訴我她年輕時候的甘苦歲月，又摸摸小兒子的頭，要我有空再去玩。

體會了阿嬤的內心世界，那寂寥的心情、等待的思緒，我該如何解，又該如何幫她呢？

六、溫情

為了全國社區評鑑，白晝到夜晚，長時間地忙得暈頭轉向。從樓梯間摔下的那個上午，孩子緊急去電給正在開會的另一半，平日中規中矩的打扮，今日T恤短褲加拖鞋，外帶一身傷，一拐一拐的上醫院。以為一切就緒，那個平日「包山包海」、擁有一顆悲天憫人的愛心的誠——他那念醫學院的弟弟，骨科高手此刻正好派上用場，為我診斷一番。

然而，天不從人願，走入診間，來者何人？原是泌尿外科醫生。小姐建議，身上的傷，還是看隔壁診的骨科大夫。熟人不在家，心沉了下來。亟需安全感的人家，平日看診，就是喜歡找那些熟識的，至少有任何問題，島嶼這麼小，逃也逃不掉，要問根源找得到。

心裡嘀咕，聽得心花怒放的「為美女服務是我的榮幸」的誠，他家的高材生，身在何處？原來鮮少休假的他，這個時候休了，人不在外島。不過人家哥哥肩上三顆花，一路陪，拋開先前的嘀咕，倒是有些感恩與感動。

照X光的時候，熱心的興來了，「需不需要拐杖還是助行器？」有那麼嚴重嗎？七月有鬼犯忌諱，挺直了身軀不信邪。愛美的女人怕遇熟人，寧可摸牆壁，也不要那些玩意兒。

一向「耐痛」的我，還真是痛得受不了，拜託小姐先叫號。那位從未見過面的陌生醫生，邊檢查邊問：「妳是怎麼摔的？」又請護士幫我擦藥。優碘襲身，只是紅了眼眶，想不到女人的柔情似水，那滾燙的珠淚滴淌，來自照X光、更衣後，躺在冰冷的長方形攝影台，翻身時，放射師的觸碰傷口，痛得叫了起來。

放射師以溫和的語調說：「妳的喊痛聲，讓我好心疼，來，慢慢翻身，忍耐一下。」忍耐了好幾下，淚眼汪汪，不哭也難。

回到診間，一位剛從台灣治療回來的癌症病人，他的癌細胞已轉移。據他的妻子及兒子陳述，每日痛苦過日，而此刻最需要輪椅陪伴。醫師礙於規定，請他至原來看診的醫院，開具證明、敘述詳情，手中簡單的病歷摘要，如看圖說故事，無法得知在台看診的情形。癌末病人，說得難聽，已在等日子，不忍他當空中飛人及家屬的精神折騰，將案例告訴另一半。

另一半告知，只要醫生開具證明，即能申請。當下，醫生讓他照X光，再依結果開具診斷，並讚揚地：「金門真是個有溫情的地方，隨時隨地都有好人的出現，金門人應該惜福……。」

我的情形一週後須再複診，能約診的病人大都不願現場掛號，那要消磨許多時間，我也不例外，但預掛已額滿。就在失望時刻，燃起了希望。

「我給妳預約單，下週這個時候來。」醫生這樣說。

「是金吔？」望著沒有號碼、沒有時間的預約單，愣住了。

「下週這個時候來，我幫妳看。」醫生肯定地說。

舉手之勞地幫了癌末的病人及家屬，萬萬沒想到，助了別人，同時也幫了自己。

迎接評鑑的前置作業，期間，三天時光的重摔兩次，當十月初的「報喜聲」傳入耳中，本社區與瓊林社區均榮獲全國評鑑「甲等獎」，雀躍的心情撫平了先前的疼痛，只是每每觸及身上的疤痕，記憶猶新地難忘出事的那一幕。

回想團隊精神，不被看好的情形下，乃奮力往前衝，從噓聲到掌聲，得來不易，願後繼有人。

七、不一樣的西瓜

離住家甚遠的一個村落，刻苦耐勞的外籍新娘和夫婿，在自家田地，種植了和島嶼截然不同的西瓜，狀似葫蘆與正方形。

以壓克力做模具，小心呵護瓜苗的成長，有成功、亦有失敗，成功可喜，失敗不灰心。

黃昏，帶著孩子探訪，當抵達了幽靜的村莊，車窗凝望，在一棟低矮的屋宇裡，排列著由田間剛採收回來的造型西瓜。探頭望，不見人影，腳步順勢往右移，走幾步，進入另一間，幾位孩童庭院嬉戲，稚氣的臉龐、活潑的身影抓緊著童年時光。

道明來意，此趟為造型西瓜而來，一探神祕面紗，並且拍照留念、購買紀念。

皮膚本不好，蚊子又叮咬，全家哇哇叫。參觀了一下下，隨意拍了幾張照，再購買兩顆，每顆一百元的葫蘆形與正方形西瓜。據說，觀賞型西瓜只能觀賞不能食用，壽命維持兩年。而長相不好、賣相不佳者，堆積牆角，孩童們雕刻著圖案與名字，樂在其中。

回到了市場，遇見了在臨時攤位賣菜的阿伯，母親生病，在台居住的他，返金照顧，從此久住。他的菜，自己耕種自己賣，價廉物美，擁著許多忠實的顧客。

知道我們拜訪了他的村莊，遺憾地說：「不知道妳會去我們村子，不然就帶妳去看我的菜園，我的菜園種植了很多蔬菜，下回再去村子，記得告訴我一聲，除了逛我的菜園，再介紹我們村莊給妳認識。」

臨時攤位有許多上了年紀的長者，或許是節儉慣了，不是很起眼的東西，也賣得不是很便宜，一定要撐到市場將散、準備收攤，再跟客人討價還價一番。

阿伯就不一樣了，除了親切的態度，阿莎力的個性，也是生意好的主因。當季節更換，他的蔬果也更替，小小的位置，擺得滿滿地，不愁吃穿的他，種菜與賣菜，最令他暢懷的，不是賺錢，除消遣時光、亦能結交朋友。

走了這一趟遠遠的村莊，看到了不一樣的西瓜，亦看到了不一樣的人群。

八、種麻人家

廟宇前的廣場，一對老夫婦正頂著大太陽，曝晒著由田間剛採收回來的麻株，農曆四月播種、八月收割，以鐮刀割下約六十公分長度，深綠色的穗粒等待著太陽照射後，自然脫落，大太陽下，晒乾時間約一星期，過篩，去蕪存菁，麻粒換取麻油。

首次遇見，格外新鮮，順勢拍下做紀念。老夫婦暢所欲言，以前的年代，種麻人家多，保證有收穫。而今日，麻油製作少，大陸與台灣，拼經濟，拼到島嶼，算算沒啥利潤，紛紛捨麻種其他。

政府照顧農民，鼓勵種綠肥，一坵四千元台幣。有種有收入，農民紛紛捲起袖子下田去，檢查過關，荷包飽滿。

靠天吃飯的日子已遙遠，年輕一代捨農經商或從公，留田地雜草叢生，有田地卻無暇經營，枉費祖先一片苦心。

種麻的老人家，年事已大，不願田地變荒地，加減種、加減賺，利潤雖不多，至少有收穫。

恬淡的老人家，卸下斗笠，招呼喝溫茶，指指前方那是他的家。瞇著眼睛看，務農人家務實性情，農作賣了錢，存起來蓋樓房，遮風避雨有地方。

搖頭歎息的老人家，試問這一代，有多少年輕人願意荷鋤守田園？

九、愛心

月圓人團圓對某些人來說是奢望。獨居的老人，抬頭仰望天，月圓人不圓，辛酸淚漣漣。

秋風送爽，愛心向前送，與另一半和幾位志工，穿梭在鄉村小巷，走進了一間簡陋的屋宇，男主人是一位高齡的老先生，見到噓寒問暖的夥伴，臉龐展露著笑顏。顫抖的手，開心地撫摸著小兒子的頭，要他喊「阿祖」，又在廳裡來回找尋，尋覓那孩童最愛的零嘴。突地，發現牆上的鐵釘處，掛著一個塑膠袋，袋裡裝著一包乖乖，老人家用那乾癟的手，從袋裡取了出來，遞到兒子的面前，「來，叫阿祖，這包給你吃。」

平日教導孩子，手心要向下、不要向上。小兒子叫了一聲「阿祖」之後，蹦蹦跳跳地，跑到了天井，好奇地端詳著一盆不知名的植物。跟我同年次的她，今天穿了今年最流行的灰色七分褲，有捲褲管的喔！不知流行為何物的我，拍照時，還「好心好意」地要她將褲管放下、整平。常出入內外的她告訴我，「收下吧，老人家會很窩心的。」

我將思維告訴她：「他們處境堪憐，我無法幫忙，又拿他的東西，心中過意不去。」但為了老人家心中的溫暖，讓小兒子接受了阿祖對他的好。當小兒子雙手接過的那一霎那，老人家笑瞇瞇地，「好乖，要常跟你爸爸來看阿祖喔！」

各自回程，路經金城車站，猶如觀光客，「上車睡覺、下車尿尿」。一進洗手間，地上汪洋一片，捲起了褲管，踮著腳，就在闔上門、「水流湍急」的那一霎那，隔壁間的水管正朝著我這邊「傾瀉而出」。這輩子穿過最貴的一雙「阿胖」淑女鞋，是我去年的生日禮物，平日珍惜地擦鞋油，期望它多活幾年，多陪我一點點。此刻，鞋已濕，在乎的不是它的價值，而是它的意義。心疼地嚷著：「阿嫂，妳把我的鞋子弄濕了！」

推門而出，阿嫂一臉無辜地看著我心愛的鞋子說：「歹勢。」不忍苛責，但雞婆嘴仍然要說：「節能減碳的今日，您老浪費太多水了。」

十、保證書

肉攤外圍，長木板上擺著各式各樣的精品，有項鍊、墜子、戒子，吸引了眾家婦女圍觀、選購。

不喜歡穿金戴銀，輕鬆自在地、志在參觀，不在購買。探頭一望，兩男子的叫賣方式，如在台所見的早市與夜市。

「這些都是百貨公司的精品，我們有刊登廣告……」一搭一唱，女人們挑挑選選，買得起勁。

觀賞一陣，有人買戒子、有人買項鍊。戒子售價一百、兩百、三百、五百；項鍊則是小條三百、大條五百；白K項鍊叫價一千一百元。

金門的福利雖然多，老公辛苦賺錢，老婆可別隨意花錢。當下提出了疑問：「有保證書嗎？」

老闆看了我一眼，「要保證書，可以呀，保證書多加六百。」

「為什麼要多加六百？既然附保證，就該給保證書呀。」

老闆支吾半响，也聽不懂他在說什麼美國話？慶幸的是，那伸手觸碰美美項鍊的美美的女人，在我離開之前，沒有買下那條項鍊。

隔日隔日又再一連串的隔日，剛好有事又再經過那條路，再也不見兩男子販售的身影，是換了地方，還是心虛？

十一、毒奶粉

不看新聞與報紙，心裡沒負擔，想吃什麼，就吃什麼，「清心」過日子。

頭條新聞「毒奶粉」報導數日，他人恐慌，我心更慌。小兒子出生後，遵照醫生指示，買了特定奶粉。多年來，從水解蛋白配方、嬰兒配方到成長奶粉，一路買、一路吃。六年了，不知他的肚子隱藏了多少毒素？

從老大到老么，沒奶水，四個孩子都餵食牛奶。前三個S—26陪伴。後一個，都是喝雀巢奶粉長大的呀！只因出生後，預防接種時的健兒門診，小兒子臉上冒出幾顆紅疹子，醫生指示我們將手上的S—26改為雀巢，配合度高的家長相信專業，說換就換。而且老字號的品牌，可信度高。

數年後的今天，檢測出微量的三聚氰胺讓我坐立難安，現喝的成長奶粉立刻喊停，「斷奶」為健康，又擔心為時已晚。

心頭亂紛紛，怨嘆自己不爭氣，吃了那麼多木瓜，成長在哪裡？母乳充足，何須捨母奶餵牛奶。萬一誤了孩子的一生，往後的歲月，慚愧以對，勢必自我苛責。

忐忑不安地帶他上醫院，超音波看真相。仰躺、俯臥，螢幕看結果，沒有腎結石，霎那間，鬆了一口氣，肩上石頭落了地。

多喝水，體內的三聚氰胺自然排出體外。但糾結心頭的，二十五年後，當孩子長大成人，會否因食進太多的毒素，造成身體的負擔？屆時，我這餵食「毒奶」的母親，如何面對於他？

或許二十五年後，我已不在，亦看不見好與壞的畫面。但從這一刻起，不免開始擔憂，擔憂孩子的未來。

新聞看得越多，煩惱也越多，市面上，究竟有多少「有毒」的東西？又有多少「無毒」的東西？可以讓我們安心吃下肚。

十二、掃馬路

平日一小掃、風雨過後一大掃，習慣拿起掃帚，打掃住家附近的馬路，讓過路人車「行」的舒適。

然則，做「公德」的結果，無能改變「失德」之人。數月來，有戶鄰居養了一條「聰明狗」，每到灑尿放屎的時刻，主人將繫於騎樓下的牠鬆綁，手一揮，社區來回走，主動拜訪左鄰與右舍，騎樓下、車身旁，石椅間、柏油路、就連拜拜的「金鼎」也不放過。坨坨糞便有夠臭，主人一家圍繞屋宇外，或站、或坐、或蹲，如觀賞影片般，嘻嘻哈哈要狗用力拉、努力灑，視若無睹於鄰人發出的抗議聲。

什麼樣的主人養什麼樣的狗，看家居生活、品德操守，難為了左鄰右舍。鄰人屢勸不聽，由台攜回的愛犬每日故技重施。主人閃一邊，一家老小有夠閒，反正愛心人士幫牠掃糞便。

嘆息於人高馬大、書唸這麼多的高材生，在一職難求的今天，沒了台灣的工作，返金立即有收穫，走了路線吃了公家飯，不知回饋地方，反造成他人的負擔，良心是否能安？

十三、服務

「如果有人問卷調查，麻煩妳跟他說很滿意。」重複的話，去年聽、今年又聽。去年陪女兒買手機，服務人員如此說。今年自己換手機，服務人員又如是說。

不是很寬廣的地方，入內之後，道明來意，辦事方便。另一處，手續較繁複，先抽號碼牌，再依序至櫃檯辦理所需。手續只差一道，結果卻是相同，要顧客說她們服務態度好。

懷著疑惑的眼神，問了其中一位職員，何以末了要提醒「服務好、態度佳」？原來長官會抽樣，說不滿意會被刮。

顧客的眼睛雪亮，長官的眼睛更明亮。底下的一舉一動，看在上司的眼裡，好就是好，不好就是不好，大可不必如此地大費周章，特地交代，反而讓人留下不好的印象。

顧客一進門，與櫃檯接洽，就開始對服務人員打分數。表現佳，自然存留美好的倩影，下回再來，還是找妳。

只要心存顧客至上，不必擔心問卷轟頂，亦不用特別說明。

很不喜歡這種「勉強」的感覺。

十四、不舒服的胃

曾服務醫院數年的另一半，經歷過無數大小評鑑，每每忙得人仰馬翻，卻也輕鬆過關。以為轉換跑道，從此與評鑑畫下句號。然則，去年起至今，社區長官「包工程」，三次的評鑑均找另一半義務幫忙。

如同以往的幸運，一路走來，從全縣到全國，分獲第五名、第三名和甲等。然則，當全力投入最後一次評鑑的時候，來自四面八方的批判，不被看好的「全國比賽」，壓力其大無比。

人作梗，天也不從人願。投下了全部的心力，白晝與夜晚，只為一個榮譽。守承諾的兩人，先是做妻子的我，摔得一身傷；再是另一半「胃謅謅、喉嚨甘苦」。但是，拖著一身疲憊為社區，從不缺席。

傳言中的一縣只有一名「甲等獎」的魔咒和陪榜的謠言不攻自破。當好消息傳來，本社區與瓊林社區同獲「甲等獎」，獎金各得十五萬，社區又多了一筆可觀的收入，真真假假的恭喜聲不絕於耳，聽了卻很刺耳。

另一半拖了許久的「胃」不舒服，從未做過胃鏡檢查，耳聞不太舒適。勸他長痛不如短痛，人家誠嫂最近才做過，她說比生小孩還不痛，數分鐘忍一忍就過了。女人能，男人為什麼不能？

初次嘗試，我比另一半還緊張，擔憂罹「歹病」，萬一逍遙當神仙，寡婦門前是非多，爾後日子多難過。

抵達三樓的「胃鏡室」，外頭已坐了數位等待照胃鏡和超音波的病人，臉上的表情道出了身體的難受。排診時間九點五十分，實際看診約延後一個鐘頭。再依診斷掛號拿藥，返家已過中午。候診時間長，超音波與胃鏡只有一位醫生，從前一晚即禁水、禁食的病人，長時間的等待，飢腸轆轆。

另一半進了診間，注射、喝消口水、噴麻劑、照胃鏡。檢查結果為「胃酸造成胃壁破皮」，拿了「制酸劑」照三餐服用。

慶幸於另一半沒什麼大礙，不必太擔心。自己嚇自己，解除了先前的憂慮，雖然死了許多細胞，但破涕為笑。而每天督導，抓住他的心，先抓住他的胃，要他按時服藥，讓不舒服的胃早日康復。

浯島撿拾

一、詐騙電話

一位自稱中華電信局、北區中華電信處理中心客服部的林碧霞小姐，來電查詢，另一半有否於九十七年九月二十二日於北區申請一支〇二二七六四六五八六的室內電話。

肯定的回覆「沒有」，她更進一步地說，一定是被不肖份子盜用。問我能不能馬上赴台處理？

在回覆無法前往時，她熱心又激動地，他們已接獲無數通反應這支電話做不法的事情，已通知我們，如果不馬上處理，後果自行負責，將來的法律責任自己承擔。同時，他們會向警方報案，只要我們配合就沒事了。並且告訴我，待會兒有警察和檢察官會和我們聯繫。不信可直接撥打或由她轉接〇八〇〇〇八〇一二三查詢。

漏洞百出，電話查詢直接按一二三即可，並且要掛完電話後、再行撥打才是正確。中華電信服務，全省均有，辦支電話哪需千里迢迢搭飛機赴台？中華電信豈會沒誠意、見不得人地用隱藏號碼通知客戶？小妮子，妳太嫩了。

詐騙集團，詐騙手法不斷翻新，但換湯不換藥地，稍一留神，謹慎思考，顧緊荷包，不受威脅利誘，就沒那麼容易上當受騙。

二、三秒膠

大女兒在學校做環保風車，沾到三秒膠，來電詢問怎麼辦？

一時慌了，想到鞋子裂痕，塗上三秒膠，立即緊緊貼黏。大女兒的手跟膠化不開，怎麼辦？情急之下，撥了通電話給我小學的自然老師、現在的校長，也不管他正在台灣研習，急迫地求救。

「將手泡在水裡，它會自然脫落，那個沒有關係，不用擔心。」

校長放下手邊的研習活動，先幫我解決疑難雜症。待研習告一段落，又來電詢問情況，並告知以後再接觸三秒膠，旁邊放一塊濕布，手一沾黏、立即擦拭。

簡易的方法，都是學問。我們那年代，用的都是醬糊，還是麵粉調水、木麻黃慢慢燒、在鍋中攪呀攪，由稀到濃，盛起後放涼備用。就連過年時候的貼春聯，屋宇、草間、豬舍、牛舍……，逢屋就貼。反映成本，店家販賣的黑色蓋子、紅色塑膠罐盛裝的醬糊太昂貴，使用的就是自家製作、「俗擱大碗」的醬糊。用油漆刷沾糊刷牆壁，再貼上兄弟姐妹輪流用硯台磨墨、又輪流書寫的「竹報平安、天增歲月人增壽、春滿乾坤福滿門」及「春」與「福」、「司命灶君」

等，配合過農曆年，縱然握毛筆如拿掃帚般地龍飛鳳舞，自家張貼自己寫，還能幫左鄰右舍揮毫，看到鄰家牆壁貼著自己的毛筆字，期望有朝一日成為王羲之。

由小到大，觸碰最多的是醬糊與膠水，不怕沾、不怕黏，清水沖洗，恢復原狀。樹脂和強力膠則是兄長裝潢時，常要使用的，也因此，比同年齡的孩子更早接觸。但強力膠有人拿來吸食後，有段時間成了管制品。至於小小一條的三秒膠，就比他人認識得晚。

十一月初看到一則有關三秒膠的新聞，記下了常識，撥電話告訴大女兒，以後再使用，記得戴上護目鏡，眼睛沾膠危險大，不慎黏膠，清水沖洗、濕布敷眼，並立即就醫，千萬不可自行剝除，免眼睛受傷。

三、香茅茶

秋末的下午，走訪了二十歲教書、迄今已三十一年，家住碧山，現年五十五歲，新官上任的一處辦公室，地方不是很寬敞，視線卻是很陽光。拆卸了先前的窗簾遮擋，與師生拉近了彼此間的距離，裡裡外外，一目了然。

天花板上省燈光，節能減碳冷氣關，小小風扇地上吹，無煙無塵身舒爽。坐於藍色的沙發，眼眺四周，一塵不染，白色的牆壁主人攜子自己刷。自購油漆動手做，運動兼具省公帑。

種香茅，自家種植再推廣校園。外形如「菅芒」的香茅，繁殖得快。泡茶時，輕輕摘起，洗淨晾乾，熱水沖泡，當一飲而下，輕甜的薑滋味，在舌尖打轉，據說顧胃兼顧脾。

邊飲香茅茶，邊打探教學理念，強調品德教育、做家事的體驗、練習動作技能、培養責任感、增加自信心、學習解決問題、練習配對分類與收納。尤以現代人，孩子生得少，細心呵護怕受傷，但為人父母，懂得欣賞孩子，讓孩子享受參與的感覺與成就感，體諒賺錢的辛苦，而能節儉過日。另外，低、中、高年級，依家事分配表，請家長圈選，學校隨時做抽測，實地探訪，過關蓋章。

好奇地望向桌上的一套叢書，贈書之人感性地書寫「學生因書而富、校長因書而貴」，願書香滿校園，溫文爾雅的學子四處見。

厚厚一本由打字而成的「金門簡介」，字跡之小，那密密麻麻如螞蟻、符合了馬總統的節能減碳，年紀不是很大的我，要有段距離才看得清楚。年歲大我很多的他，竟能清晰地閱讀，這或許和平日的騎單車運動與登山、眼眺遠方的青山綠樹所產生的助益。

沒將自己當長官，凡事帶頭做示範。種花除草、澆水施肥、掃地板、擦玻璃、撿垃圾、糊水泥……。校長兼「撞鐘」，自身做起，如此用力打拚，任誰看了，自然要努力跟進。

四、人瑞慶生

一〇一歲的人瑞，蛋糕上方燃上粉紅色的一〇一歲的蠟燭，分享長壽的喜悅、聆聽長壽的祕訣。

多位長官鄉村走一遭，田園的風光無限好。眺遠方、綠色的菜田很多樣。播種與收穫，來自騎乘電動車的人瑞，手握水管輕輕灑，澆下滿園的綠芽。

體力不輸少年郎的人瑞，自伐竹林製拐杖，按身高比例、依個人喜好，隨身配備好情感。不解於榮民已依個人需求配送一支拐杖，老人家何以費心費意費力氣？原來儉樸的老人家，已習慣自己動手做。自己製作自家用，使用久了有情感。出門時候再用新，衣服新、拐杖新，從頭到腳一身新。

濃濃的蛋糕香，配上熱茶好口感。圍繞餐桌旁，牆上「壽」字亮燈光，姚處長、呂總幹事、許專員、蔡組長，另有駕駛與志工，和人瑞及家屬，閒話家常問近況。

不忘提及的養生祕訣，每天甩手功、食得清淡勤運動、夜晚半杯高粱通體暢。姚處長讚嘆高粱香，有人結婚多年不受孕，飲了高粱，圓了傳宗接代的使命。

五、無助的女人

結婚容易離婚難。十數年的恩愛夫妻，孕育了數名子女，夫開公司、妻背債務。

生性活潑開朗、思想卻很傳統的女子，健步如飛的身影，好手藝、好脾氣。走入婚姻，多年的甜膩膩，夫創事業她的名。隨著恩愛歲月漸遙遠，憂鬱情懷伴身邊，一年多來，她徬徨無助與無奈。

利潤他來藏、債務她來扛，算算數千萬，離了一肩擔，不離一人付一半。

夫妻官司法院傳，她不想、亦不願。子女的撫養她棄權，含著淚眼訴過往。

一身牛仔裝，兩眼無神低頭看地板。抬起頭，皮膚比先前黑許多。問她是否太陽照得久？緩緩道出，空有一身好手藝，努力拼經濟，顧不了腸胃、還不了債務。那債台高築的背後，她是無辜受害者。

為夫背債已夠苦，另一個她的出現，那在某公司上班的離婚女子，介入了她的家庭、搶奪了她的丈夫。她所擁有的，一夕之間蕩然無存。隨之，家暴連連、痛苦難堪。為了兒女強忍耐，先前的存款全還債。口袋空空，求助無門，自己的三餐已成問題，兒女跟隨身邊如天方夜譚。

那道牆，惡狠狠地阻隔了母子間的情感，見面難上加難。低首飲泣，天倫畫面難再現。以工代賑、每日七百塊的收入，每月從薪資中扣除三分之一還債。如此還法，高額的債務何日還清？今生？來世？

末了，她告訴我，可能是上輩子欠他的，這輩子來還，除了這樣想，又能如何呢？

走過了許許多多的社福機構，他們愛莫能助。她心灰意冷，遊戲規則如此，只有認命。

沒了愛情、尚有親情。人生歲月還很長，無助的女人要堅強，不為他人、為兒女。

六、憂鬱的男人

二十年前，一個大學生在島嶼找工作並不難。懷才不遇的他，四處碰釘子。

或許是隔代遺傳、亦或許是生活重擔，那諸多加諸身上的壓力壓得他喘不過氣來。回到了島嶼，找著了他的老師，老師帶他求醫，彼時尚未有「精神科門診」，內科診斷為「精神官能症」，藥物治療。爾後來了一位台籍精神科醫師，一路求診，由醫病之間而成為朋友。

「憂鬱症」並不可怕，可怕的是心態。許多憂鬱患者，才氣橫溢，且有一顆悲天憫人的情懷。你不惹他，他也不會惹你，彼此和平相處。

嘆人間疾苦、觀社會百態。憂鬱的男人激動地道出社會的不公、工作的難尋。有證書不一定有頭路，有才華不一定有出路。公家部門走後門，永續登記不容易。

父母與手足是他最好的支柱，精神鼓舞、經濟支援。而今的他，覓著了一份臨時工作，月薪一萬多，省一點用，尚能抽空赴台去走走，汲取新知，順道休閒。

他是個配合度高的病人，每日遵照醫師囑咐，早晚各服藥粒一顆，不影響工作與人際關係。

每個人都有情緒反應，那心情低潮的時刻，只能說情緒低落，靠著自我調適，很快恢復。然而，真正的憂鬱患者，一段、甚或數段不快樂的時光，積壓心中已久，一旦爆發開來，不可收拾。自己痛苦、家屬難過，當社會伸手支援，只能治標、不能治本，仰賴的還是自己的意志力。

最近，一位長者哭訴，兒子被強制送醫治療，每日相依享天倫，突然不見兒子身影，夜夜哭泣，望兒早歸。

遞上了一杯溫開水，勸她放寬心胸，有人伸出援手是好事，幫他修髮剪指甲、藥物與心理治療，總比在家自生自滅好。

老人家擔憂地，兒子隨身攜帶的東西，探訪時候沒看見。幫忙問了護理長，入院保管、出院奉還。

憂鬱情懷的男女，莫管世俗的眼光，勇敢面對眼前的荊棘。別在角落哭泣，不妨走出屋外，享受陽光的溫暖，擁抱湛藍的天空、奔馳碧綠的草原。

七、馬路如虎口

資深的導護老師，胸前佩戴著一枚口哨，帶著放學隊伍，穿過了一半馬路。突地，一輛轎車奔馳而過，嚇壞了學童與路人。反應敏捷的老師，哨子一吹，學童止步。脆弱的小性命，在這千鈞一髮之際，從鬼門關拉了回來。

街道在放學時段，不宜來往車輛，孩童容易受傷。許多不守交通規則的駕駛，猶如急著去投胎，超速與蛇形，司空見慣。

呼嘯而過的車輛，行的安全、威脅連連。多少葬身在車輪底下的無辜往生者，造成了家庭的碎裂、社會的負擔。

有事出門，提早打點，算好時間。一味橫衝直撞的結果，今日幸運衝過頭，明日車仰人翻嚐苦果。

馬路如虎口，行人小心走。眼觀四面、耳聽八方，活過今日，還盼明日。

八、急救

天氣漸變化，突地一陣冷颼颼，氣喘病人很難過。

八十來歲的獨居阿伯，有著氣喘史，天涼的日子，氣喘發作。

一通急救電話，嚷來了救護車。強哥小心翼翼地攙扶著他、興兄幫他一路打點、另一半則電話連絡。消防人員問明地方，直奔而來，抬著擔架，快跑前進，戴上氧氣罩、量血壓、心理建設、快速送上救護車。

里長、理事長、社區居民……聽到消息，蜂擁而至，關懷獨居阿伯的情形，紛紛給予精神鼓舞，期望阿伯身體康健。

天氣多變化，早晚的保暖很重要。尤其氣喘病人，吸噴保養要照常，當發現身體微恙，勿遲疑、立即就醫。

大部分的老兵來到島嶼，都有家庭，有事相呼應。獨居者，需要志工多關心、連絡管道多暢通、左鄰右舍多關懷。

九、金壽桃

十八歲跟隨後浦師傅學主廚，「館棧」的艱苦歲月，洗碗筷、切菜葉……。返家耕種，連路邊都挖，生活的困苦，差點鑽土。形容自己少點火、菜煮水沒煮油，一年煮沒三斤油。

二十五歲那年，與十六歲被賣來金的大陸女子結婚，婚後育有三子三女。艱苦的歲月，一塊地瓜留給兒女吃、一粒海蚵留給兒女補。

羽翼豐滿的下一代，兒子赴台求學就業，輪流返家，已當「阿公」；女兒都嫁金門，也當「阿嬤」。女兒、女婿每日探訪，不忘將家中的「好料」拿來分享。人瑞屈指算算，天倫樂的畫面，羨煞多少人，他的內、外孫已達三、四十人。

人瑞娓娓訴說，當年古厝中砲彈，遮風避雨沒地方。翻新屋，蓋樓房，節衣縮肚渡難關。

九十七、八歲，田地耕耘有地方，種地瓜、刣蕃薯籤，自種自食，五穀雜糧祭那五臟廟，食得清淡，不須魚肉和大餐。

剛好滿百的人瑞，輕嘆一口氣，已遠離了兩年的田園生活，有些不捨。但住家的圍牆內，那諸多的盆栽與果樹，輕輕灑水、用心呵護。綠色的葡萄、紫色的石蓮花、帶刺的仙人掌……，都是親手剷土種植，留給後代子孫。當檢視農具的整齊堆疊、古樸的木桌木椅，許許多多，均是資源回收再利用。

四、五十年的心臟擴大，讓從未與人爭長短的人瑞，形容他人將痰吐到臉上亦無怨。如此病症，睡醒乃不甘願，何以他人身體好、命運佳，不做壞事的人卻要命運來作弄。

一旁的鄰居阿伯補充，讚嘆人瑞做人成功，緣份佳、人緣好。稍一晚起床，左鄰右舍探頭看，擔憂老人身體恙。

閒聊一陣長官到，奉上「百歲紀念」的金壽桃，祝福人瑞「福壽延年、身體康健」。相約明年見，圍繞圓桌唱那「生日快樂歌」。

十、墨寶

冬日的暖陽照射在城中的操場，一千多名師生與家長，聚集在有些緊張又不太緊張的「考場」。

全國的「聯合盃作文比賽」吸引了眾家好手參加。仔細觀察，醫生、記者、老師、作家、上班族……的下一代都來了。許多的場合，諸多的熟面孔，不禁要問：「這是不是遺傳？」

看到了攝影機，也看到了「一個人」，大大的陣仗從遠方走來。在我旁邊，沒有官架子，朝我揮手打招呼，「有個書法要送妳，一直放在車上。」

「疑心病」人皆有之，以為他只是說說而已，聽多、也看多政客的嘴臉，政治人物的話聽聽就算，別當真。太當真，心會受傷、頭會痛。何況他公務繁忙，哪有美國時間揮毫？

思緒尚未拉回，隨扈已走到我的跟前，告知墨寶已到。眼見為實，走了過去，只見他邊朝我這方向行來、邊向媒體與隨從介紹。不知道今天會上鏡頭，沒塗口紅、也沒吹頭髮，這樣拍照好看嗎？該上美容院，實在是沒時間。

今生收到的兩幅墨寶，一為年輕時，參觀總統府的人手一幅，搬家多次，已不知去向。但影印而成的，丟了心不疼、淚不流，沒有遺憾。今日這幅，親筆書寫，意義非凡，尤以肯定的字眼，在我創作過程中，給了一股無形的力量。

寫實的作者，眼睛所見、耳朵所聽、心中所感，一一將它印成鉛字。許多對號入座的讀者，不知自我反省，反如民意代表般地提出質詢，甚而威脅、恐嚇，企圖綁架手中的這枝筆。

文人的傲骨，不受威脅與利誘，依舊我思我寫。看現實人生、寫社會百態，「原則」勝過一切。

這幅墨寶，有如「護身符」，我該隨身攜帶，讓無形的力量，佑我平安。摺疊的結果，日子一久，怕有損害，珍惜作夢都想不到的友誼，為了長久的收藏，只好將它裱褙了起來。只是這筆經費，要爬很多的格子、要敲很久的鍵盤、要省許多的菜錢。

見聞

一、偷窺

兩個上了年紀的男人，老死不相往來。有天，突然好了起來。

老哥的老婆體態不如前，前面下垂、後面駝背、手腳龜裂難入睡。老弟的妻子年輕一些些，珠圓玉潤、雙峰堅挺，偏偏老弟不滿意，三天兩頭外地去。

報復老公的不忠、網羅老哥的勢力，她掀衣露奶，從此兩家如膠似漆，福同享、難共當。一聲「小老弟」，兩聲「老哥哥」，有啥事？一句話，老哥相挺，誰敢多言語，嘴巴一句句「他媽的一個X」、「X你娘也」。見多世面，好的沒學到，教壞了小孩真糟糕。

吃飽太閒，東逛逛、西逛逛。老歸老，年輕時候的「色」影沒掃掉。看豐胸的女人、見露腿的女子，停下腳步，目不轉睛。

「龍交龍、鳳交鳳」，物以類聚的哥倆好，各有癖好。年紀已不小，土已掩到脖子，也不怕子孫見笑。老哥看到穿短褲的女人，眼睛瞧一瞧、相機照一照，不知竊錄已違法，人家放他一馬，不思己過、不知感恩，每日自我陶醉，活在渾然忘我的世界裡。老弟則是夜晚「摸壁鬼」，看屋裡的女人是何味？當柱子隱藏身子，被屋內的主人瞧見，驚慌失措的他如作賊般地拔腿就跑。

「不平衡」的家庭，孕育了不平衡的子女。上樑不正下樑歪，偏差的行徑毀一生、過一世。下一個被偷窺的又會是誰？女人們，春光勿外洩、燈光勿外露。關好自家的門窗、拉好自家的窗簾。

二、公婆難為

婚姻數十年，理所當然的一家之主，大男人一聲令下，老婆唯命是從。男人不走廚房不掃地，生了孩子不抱伊。

數十年後，兒已長成，討了媳婦。公公疼媳婦、婆婆很吃醋。

不思打扮的婆婆粗聲粗氣，公公越看越沒趣。嬌聲嬌氣的媳婦，清涼的穿著正合公公意。低胸緊身衣、乳溝露現；露臀的短褲蹲在地，股溝乍現。雪白的肌膚令公公目不轉睛、心跳加速。

從此，大男人已不大，媳婦的事、就是他的事。舉凡衣服的洗晒收藏、孫子的換褲餵奶、廚房的鍋碗瓢盆……，他越做越順手，沉浸其中，心靈有寄託。日子久了，時而疾言厲色地對老婆兇：「媳婦就要下班，趕快煮飯。到頂樓幫媳婦收衣裳，太陽底下收藏較好穿。」

老婆越聽越有氣，從不敢反駁地乖乖做，到氣急敗壞地四處哭訴：「嫁他幾十年，從未幫我摸碗筷。媳婦一進門，連杯碗都幫她洗，將我擺哪裡？」「賺了薪水自己藏，生了孩子叫我養，三餐吃住在家裡，我這婆婆沒得閒，打牌消遣沒時間。」

公公疼媳婦，疼過了頭。打情罵俏沒節制，不是滋味的婆婆，不免吶喊：「豬哥神，有了新人，忘了舊人。」

公婆與兒媳同住，互相照應本應當。養兒防老，是許多為人父母的渴盼。然則，諸多的年輕人，羽翼豐滿，思維變樣，「新人」掌權、「老人老奴才」，能利用則利用；不能利用，當榨乾老人身上的「油水」，一腳踢開。何謂慈烏反哺之恩？何謂羔羊跪乳之意？這等影像，腦海從未存留過。

公公與媳婦相處在同一屋簷下，縱然如父女，顧及婆婆的感受，距離的保持有其必要。

公婆難為、兒媳難當，顯微鏡下的審視，「禮」與「理」，總有它的分際。

三、雙面人

兩虎相爭，必有一傷。

爭地盤的兩人，曾經情同骨肉與手足，噓寒問暖的同一屋簷下。奈何數年後，各執一方撕破臉，惡言相向如同家常飯。

小事一樁，不須計較，說說談談，破涕為笑。該是握手言歡的時候，突地中間有人攪，第三人馬一路竄，實力無多少。思前想後，隔岸觀火，這邊煽風、那邊點火。兩虎不察，陷阱一路跳，掩脖不知道。

間諜在身旁，說你好、說他壞。繞過圈圈變嘴臉，同樣的版本，換人講過一遍又一遍。不知天高地厚、不食人間煙火，誤將敵人當恩人。雙面人，雙方打探消息，再雙方施放訊息，表面情意相挺，暗地刀影晃動。

雙面人，磨玻璃、兩面光，待人心不以誠，害人面不改色。

欺人欺己的結果，雙面人，還能欺矇多久？

病態人生，紛紛擾擾，和平共處者少。而雙面人的從中攪，如出一轍地與你同進出、與他也同進出，「笑面虎」害了你、傷了他。兩邊廝殺，漁翁得利、坐享其成的是雙面人。

複雜的環境、可怕的人心，看誰不順眼，丟一把刀，讓人互砍；撂一句話，讓人互傷。不知箇中之味者，傻裡傻氣地上了當、亦吃了虧。

天理昭彰，害人之心最終害自己。遠離邪念、心存善念，幫別人也助自己。

四、變態之狼

霏霏細雨的冬晨，由市場歸來，急奔屋後，收取曝晒於屋外的衣裳。

眼前的一幕，胸罩掉於地面、內褲不翼而飛，衣架與衣夾則隨風舞動。這「變態之狼」藏身何處？

「內衣之狼」時有所聞，挑品質、選花樣。被偷的婦女花容失色，求救無門，均已「自認倒楣」收場。

抓不勝抓、防不勝防。病態的心理問題該尋覓心理醫師，找出根源、對症下藥、徹底治療。曾經走在街道的騎樓，臀部突然被人碰了一下。轉身間，看到那咧著嘴角「豬哥樣」的男人，頻頻擦拭著滴淌的唾液，怪怪的眼神上下打量，直盯著我的胸部與臀部。狠狠地瞪了他一眼，迅速地走入人群擁擠處。再回頭，他那齷齪骯髒的手，又拍向其他女人的臀部。回家之後，立刻換掉衣衫，丟入洗衣機，洗去變態之狼手痕的髒兮兮。

穿慣了淑女褲，當腳受傷的時候，摩擦會痛，取代的是運動短褲。那段時間，常見到了一個賊頭賊腦又斜眼的，每次遇見，手機與相機猛對我拍照。起初不以為意，日子久了，發現他的不對勁，看他搖頭晃腦地盯著我的大腿瞧，然後瞇眼笑一笑，再得意地離開。原來，他也有癖好。

近日，貼身衣物不見，有感心理不正常的人越來越多，是惡作劇？還是病態？無論心理、還是生理有問題，早日求醫勿遲疑。

徘徊花叢間

同床共枕非所願，幾度徘徊花叢間。婚姻觸礁，劃分界線。男歸男、女歸女，此生路遙遙，不知歲月有多少？

數十年前的媒婆之言、父母之命，造就了痛苦婚姻。數十年來的「相敬如冰」，人雖未分離，心卻未相繫。

他，苦不堪言。她，冷宮娘娘。

一、

「某大姐，坐金交椅」，婚嫁中，女大於男的年歲終究不多，或許是緣分已到，恰巧被他碰到。適婚年齡，男大當婚、女大當嫁。他長得不差，又人高馬大，女人就是不喜歡他。一年一歲、兩年三歲，越急越沒緣、越等越心煩。想那婚姻介紹所，說的都是錢。照片一張又一張，環肥燕瘦在其間，挑呀挑、選呀選，見了面，話不投機一人走一邊。

「皇帝不急，急死太監」。右邊是父親、左邊是母親，雙眼凝視、雙耳凝聽，詮釋祖訓在上，早日抱孫。

想娶妻，娶不到。想要逃，逃不了。一個頭、兩個大，有誰能幫他？

思索人生的使命，娶妻、生子、老去、入土。從一而終，不過如此。然則，幸福的婚姻，快樂終身；不幸的婚姻，終身遺憾。而娶妻未必能如意，生小孩未必能生子，就算添了丁，聰穎與愚昧、健康與殘缺，不是自己能決定。但身在傳統的家庭，由不得他思維太多。

二、

媒婆之言、父母之命，造就了此樁婚姻。大男人主義的他，堅持男優於女。然而，事與願違，無奈人生就此開始。

洞房花燭夜，她大他好幾歲，儘管不識女人味，他亦覺得無趣又乏味，只因先入為主的思維，雖是處女的新娘，讓他感慨如姊弟、如母子。縱然「眠床」嘎嘎響，衝鋒陷陣在所難免，面對「某大姐」，性趣缺缺，總覺哪裡不對？

她一臉無辜，疑惑於男人企盼的這一刻，薄膜已撕裂，爾後夫妻同體，共相廝守已是不爭的事實。然而，她訝異自己表現不錯，夫婿卻如此冷漠，爾後的歲月如何過？

易孕的她，很快有了結晶。十月懷胎，生了女嬰。隨之如花朵凋謝般，生個小孩不但掉了一顆牙，亦老去了年華。

生兒子賺媳婦、生查某了傢伙。他沒有得女的喜悅，反有一股怨懟在心頭。一樣聘禮、一樣白米，娶妻養妻肚皮不爭氣。

為傳宗接代、為延續香火，每個夜晚努力廝殺的結果，如他所願第二胎喜獲麟兒。有子萬事足，從十二日的「送油飯」、四個月的掛串圓餅「吸嘴涎」、滿月的陪妻子返娘家「作客」到一歲的「度晬」，所有的細節，小心謹慎，就怕有所遺漏。

三、

兒女皆有，心想事成，亦不愧對祖先。喜上眉梢的他，戮力拼經濟。收入漸豐渥、荷包漸豐滿，忘了家中的妻小。

白晝忙、夜晚更忙，交際應酬一攤接一攤，此起彼落的吆喝聲，一飲而盡表豪氣，杯底不要餵金魚。

美酒搭配美人魚，與家中的老查某相比，一個天、一個地，粉味的美女贏嬌妻。至此，夜不歸營是常事，每當月兒高高掛，天上星星亮晶晶，家中無男影。她，苦守空閨他不回，萬念俱灰很後悔，後悔於女大於男的婚姻、悔恨於為家拼命丈夫不領情。

守著有名無實的婚姻，全為一雙兒女。她知道，丈夫出去如丟掉、回來算撿到，要他下班回家吃晚飯，除非用繩子綁手綑腳。

繫不住人、亦繫不住心，她將心思放在兒女的身上。要自己堅強、要兒女像樣。

他則依舊每日徘徊花叢間，見一個、上一個，只要老子有錢。東西南北走一遭，哪家酒店有新貌，尤以「幼齒」的最好。帶出場，迫不急待解衣衫，餓虎撲羊一戰又一戰。當「凱旋歸來」，家中的老女人，他視而不見。

四、

經濟不景氣，酒店少美女。開放小三通，轉移砲陣地。

每月的來來回回，船票和住宿，一筆可觀的數目。一回生、二回熟，美女如雲任他摸。左擁右抱的結果，精力耗盡、錢財散盡，拖著一身疲憊回故里。

小別勝新婚，對他而言沒道理。同床共枕的老妻，臉皺皺、斑點點，駝背的樣子惹人嫌。數年前，撫觸如豆腐般的身軀，如今感覺似豆乾，沒了水分，同時也沒了他的緣。

夫妻情緣早已斷，互看不順眼。鬱卒的心情非所願，他再次徘徊花叢間。溫柔鄉，夠嬌憨，花錢是大爺，侍候得服服貼貼。

瀝乾新台幣，尚有屋宇與地契，錢莊的大門敞開等著伊。高利貸，還不起，雙手奉上房屋與地皮。

從此，有路無厝，一屋租過一屋，妻兒受苦。

怨上蒼、斷後路。怪父母、亂作主。娶了某大姐，心裡不舒服。她無奈，遇此花天酒地的丈夫，猶如活寡婦。

五、

撕裂的情感喚不回，注定同床異夢的結局。他想離、她亦想離。無辜的孩子，不是沒父親、即是沒母親。面臨抉擇，情何以堪的是妻子、無辜受害的是孩子。

美滿姻緣無望，幸福日子遙遠。夫妻痛苦、兒女難過。陷於兩難的離不離，千頭萬緒很難理。為了面子、為了孩子，長老說分明，兩人想清楚。離緣拋一邊，勉強守家園。

有名無實的夫妻生活，歲歲年年就此過。她靠著長繭的雙手，自食其力地養活兒女與自己，日子雖不優渥，兒女同心卻讓她窩心。

他則一無所有，四處打零工，賺多少、花多少，三餐勉強能溫飽。幾度探頭望，臉蛋姣好、身材豐滿，比妻子年輕貌美、曾在他身上撈金的嬌憨女人，早已忘了他的存在。而他，往日的多金、多帥、多豪氣；今日的無銀、無貌與無趣，兩相對比，任誰見了也逃避。紛紛劃清了界線，裝著不認識。不巧相遇，尖酸刻薄的話語，闊少已過去，努力奮鬥挽頹局。想嗅香水味、想聞女人香，再打拼幾年。

「婊子無情」，他寒心。怪他自己飽暖思淫慾，棄嬌妻，不疼惜，徘徊花叢如鑽無底洞，填不滿，揮不去，越陷越深越癡迷。

發誓有一天，他要當個駕馭女人的男人。從今起，為目標、發憤圖強，成功就在不遠處。可怕的報復之心，讓他蒙蔽了良知、失去了理智。當有一天，荷包又滿，以前離他遙遠的女人，沒一個放過。多少變態的手法，如電影情節般地一遍遍重演。

歡場的女人，出賣靈魂，賺他的銀子，受他的屈辱。

他樂此不疲，「中鏢」是他遊戲人間的結局。

黑夜過後

寫實的作者背負著時代的使命，現實的人生，正派肯定、反派否定，時刻處在要脅、屈辱的氛圍裡。不怕死的作者，繼續筆耕，無畏強權、不懼惡勢力，維護正義與公理。哪怕是天天有人踹門、時時有人恐嚇，折不斷的筆，眼所見、耳所聞，書寫成章。讀者有「知」的權利、作者有「寫」的義務，在紛紛擾擾的人生，無畏無懼。

善心人士來報，此趟開會當炮灰，奉勸藏身、躲過一劫。謝絕了好意，明知山有虎、偏向虎山行。處在這個社會，正直與堅持，往往得罪他人、傷了自己，但堅持「對」的就去做，縱然惡魔擋道，思維人無他法，自有天理責罰。此去，或許一身傷痕累累地歸來，但堅守承諾，相信上蒼眷顧的是「正義」的一方。

會議開始不久，即有人上台，說他不是來鬧場，擔任社區拍照的我，有人發言、相機對準。他指著我大吼：「妳拍什麼拍？妳是記者啊……」

「這是社區拍照，你有發言，人家當然要拍照做會議資料……」蒞臨指導的長官說明及勸阻。

會議繼續舉行，他繼續「不鬧場」地：「以後這個社區，做事情不能給錢、給東西……」

主持人回應：「這是個誤會，關於評鑑獎金十五萬，我們依法提撥百分之二十做獎勵，經理事會決議通過，每一家戶送一個蛋糕，蔡先生夫妻辛苦為社區忙了很久，各發五千元獎金……」

主持人尚未說完，他打岔：「這是他們自己願意的，獎金不可以給他們……」

主持人繼續說：「我還沒說完，除了他們夫妻，其他人各發一點紅包。但是蔡先生夫妻不要這筆獎金，將一萬塊捐給社區，我們掌聲鼓勵。」

一陣熱烈的掌聲過後，他又說話了：「我告訴你們，這個社區本來很和諧，就是住了一個人，以為自己是記者、以為自己是作家，對社區做了一些報導，在那裡亂寫，害整個社區不和諧……。」

人的臉皮如果比牆壁厚，顛倒黑白的嘴上功夫讓人為之扼腕，「我家養的狗，都有綁起來，沒有隨地大小便，被她寫報紙，說我家的狗亂大小便。」

長官回應：「你養狗不綁好，隨地大小便就是不對。」

「我就是沒有讓牠隨地亂大小便，都有綁好、也有看好，她亂寫，我才生氣……」

手中一疊厚厚的相片，剛沖洗出來，將社區的許多髒亂景點全多錄。這包括沒公德心的人做出許多沒公德心的事，其中也包含狗主人放縱狗兒一路蹓躂一路灑，視若無睹的畫面。欲耽擱鄉親時間講清楚、說明白。為維護正義與公理，反駁他的無理取鬧，證據會說話，將手中的資料攤開，將其長久以來的惡行惡狀，公諸於世。但有人勸阻，別跟他一般見識，鄉親的眼睛是雪亮的。

忍住胸中的怒火，為大局著想，保留了他的顏面。然而，變本加厲的他繼續數落。遺憾的是，欲站出來情意相挺之人，始終不見身影。但感安慰的是，緘默的鄉親，將正義反映在圈票上面。

一年前的他侵門踏戶，選擇原諒。不久前故事重演，當作醮告一段落，鄉親們小敘之時，就在聚精會神陪孩子做功課之際，親情與溫情沖淡了寒意深濃的天候。當寒冷的黑夜來臨，落地門外黑影晃動，身穿黑色上衣、卡其長褲的他來者不善，手中拿著副刊，邊敲門邊嚷著：「開門開門！」

輕啟玻璃門，尚留存一道紗門，問他何事屋外講。不料，囂張跋扈的他用力拍門又踹門，接連的三字經招來許多看熱鬧的人群，有三姑六婆的竊竊私語、有「法律」專家說他一家已犯法，只要提告，他們是輸家。當另一半歸來，入屋之際，他私闖。不歡迎這不速之客，請他出去，他非但不肯離去，反在屋內叫囂。

遏制鴨霸的作為、存留靜謐的民風，報警是不二法門。期望公權力的伸張，讓不守規矩之人，懂得反省與改過。然則，江山易改、本性難移，觀其一家大小的輪番上陣，警力維安、居民勸導，沒有反省、毫無悔意。為將他們導入正途，也讓大家知道還有政府，決定提告。

毀謗、公然侮辱、私闖民宅、違反社會秩序法，一連串的罪狀，有憑有據。

無論警方與居民，苦勸說人情，給他自新。眾人說情，保留了「法律追訴權」，不代表不提告，爾後再犯，絕不寬容。

多少沒有公德心的人，為自身利益與方便，枉顧他人的權益。當作者將事實呈現讀者面前，要向惡勢力挑戰，需要勇氣。印成鉛字後，環境獲得改善，但當事人不自我檢討，惱羞成怒的結果除了「鬧」還是「鬧」。

主持正義、維護公理，走在前頭當炮灰，有人誠懇地勸誡，樹敵傷自己，遇到不明理之人，離得遠遠免傷身。

大家都怕事，豈不成了「無政府狀態」。有理走遍天下、無理寸步難行，再兇再壞的人，任憑有多少惡勢力，逞凶鬥狠的結果，法網恢恢、疏而不漏，依舊難逃法律的制裁。

會後，有人豎指稱讚勇敢、有人抱屈、亦有人送上豬腳去霉氣。無論如何，寫實的作者，不後悔走上這條寫實路。

黑夜過後，曙光乍現，繼續擁抱陽光，支持正義、維護公理。

門外的世界

一、淨灘

寒風過後，那悄悄露臉的溫陽照耀在下坑的海邊。軍民一家，扶老攜幼地由各個不同的住所，走向一條蜿蜒的小路。

曾幾何時，島嶼駐軍如過江之鯽，這兒也駐紮了許許多多穿著草綠服與迷彩服的阿兵哥，為小店鋪帶來無限的商機。

清晨，聽見阿兵哥高亢嘹亮的軍歌聲，早點名之後，鍛鍊強健的體魄，整齊劃一的跑步聲及答數聲，在天際間迴盪。回到駐守的營房，繼而地打掃裡裡外外的營區，隨著竹掃帚規律的擺動，灰塵漫漫，不知他們的鼻孔吸進了多少的塵埃？

英雄男兒漢，有俠骨亦有柔情。當作息規律的一天在夜幕低垂、華燈初上時，迎著微微的海風，思念家鄉的親人與情人。夜涼如水、海浪輕拍，低吟著一顆孤寂的心。所幸，望穿秋水的郵差遞信的歲月已遙遠，不必觀天色、看氣象，不管飛機是否能起降，線路方便通四海。

順著斜坡走下去，營區早已無人煙，草綠服生命就此了斷，諸多人嘆息今不如昔。當一群人小心翼翼地走在滿布小石子的水泥路，只見路面斑痕處處，邊間雜草叢生，有駐軍、沒駐軍差很多。

美美的海灘，細柔柔的海沙，輕輕撫觸，心曠神怡。小朋友則開心地撿拾貝殼，當遙望海中央幾艘船兒，順勢一比，如發現新大陸般：「有船耶，快來看！」

再往前走，接觸到粗獷的岩石，它們在海水的沖洗下，無塵無染。趁著退潮，淨灘不忘休閒，或蹲、或站、或坐，享受著大自然的愜意。

社區居民、附近駐軍與學校、金湖鎮清潔隊和志工，共襄盛舉，只見一袋袋的垃圾由海邊扛了過來，將海中的漂流物清理殆盡，還海灘一個整潔清新的面貌。

八十幾歲的阿公與阿嬤，也加入了淨灘的行列，由始至終，沒喊一聲「累」字，堅持到最後一刻的精神，足為年輕人的楷模。再看那老當益壯的阿伯，從遠遠的地方扛來了一段粗大的枯木，不算短的路程，臉不紅、氣不喘。

走過了沙灘、跨過了岩石，穿著運動服的阿兵哥，有他們的協助，真好！平日社區有事，一通電話，支援到底，他們的字典裡沒有「不」字。此次，長官帶隊，全程參與。隨身攜帶醫療器材、氧氣瓶，除支援淨灘，亦不忘做好各項安全措施。

附近學校的校長，今日正要帶領兩位學生赴台參加畫畫比賽，在登機前，與老師們走了一趟下坑海邊，捲起袖子努力拼，邊幹活、邊解說生態，今日的最佳解說員非他莫屬。

金湖清潔隊，支援清潔車，清運著滿滿的一車垃圾。今日的戰果，有勞他們人力與車油。

相機拍攝多美女，穿著金黃色背心的志工群，來賓與鄉親，將海攤點綴得更美麗。

同是教職出身的新舊任理事長，與大夥兒站在同一線。「老」的指揮若定、「新」的服務鄉親。元月一號交接日，共同為鄉親謀福利。

一百多位男男女女，聚集在下坑的海邊，打造一個清靜的海灘。頭髮亂了、衣裳濕了，動一動，筋骨卻靈活了。

揮別海灘、道別海岸，就要跟大海說再見。人手一份的麵包券與紀念品，伴隨身邊，在這冬日寒風的催逼下，齒間留存麵包香，喉間也有保溫杯內的茶水相呼應，溫溫熱熱好口感。

二、賀匾

從政歲月總是高票當選的第一未婚女強人，在冬日的午后，人雖不在島嶼，卻關心鄉情、心繫鄉事，差人送來了一塊賀匾給另一半。

「勁揚直上、蕙質蘭心、節節高升、績高品正」，暗紅色的底，鑲上金色的梅蘭竹菊，字與圖相呼應，金黃色的外框則雕刻著美麗的花紋。

有情有義的女子，從小在貧寒的家境中成長，靠著自我努力，獲得碩士學位，並擁著一片屬於自己的天地。她不矯揉造作，總是那麼地熱衷於鄉里事務，適時為民喉舌、監督縣政，展現出民意代表不向惡勢力低頭的架勢，並在大專院校兼任講師、作育英才，為家鄉教育貢獻心力，贏來了許多熱烈的掌聲。

不忘本的她，從未摒棄身旁的親友，今日雖位居高位，卻沒將平民百姓拋一邊。他人有喜她祝賀、他人有難她拋磚，數十年如一日的急公好義、深入基層。她善解人意是在政界穩紮穩打的主因，擁有許多來自各階層「死忠兼換帖」的後盾，他（她）們將她當偶像，她視他們如親人般。

同是「志工人」、同擁「志工心」，但真正能明瞭其內涵的人又有幾許？有些卻是只問收穫、不問耕耘，將他人的捐獻，置入了自己的口袋，假愛心之名、行斂財之實的「假志工人」，這些，從平素的為人，便略知一二。但他們這支真正擁有的愛心隊伍，不是每個人都富有，但堅信施比受更有福，自己有飯吃，也希望他人有湯喝，於是將平日關懷據點所津貼的交通費，全數捐出，用行動幫助獨居老人與弱勢族群，期望他們的晚年亦能溫馨過日。

另一半得獎，實至名歸。賀匾的到來，意義深遠。當晚，找來了師傅，量了尺寸、左右對稱，將它懸掛在壁上。

各人思維大不同，看紛擾的環境，有人密切注意獎金與獎品，指望逮到機會分一杯羹。然而，利益的不均，常是衝突的起因，悲情發生，造成了一波又一波的困境，期望一個清新又無紛爭的環境，談何容易？我們家一人上班，經濟雖有負擔，但總認為，一家幸福過日，便是上蒼最大的恩賜，因此必須珍惜當下。回饋社會與地方，就從社區開始，出一點力氣、盡一分心力。而在最近的一次評鑑獎金發放，理監事會議依規定將百分之二十有功人員獎勵金三萬塊錢做了分配，「論功行賞」的結果，夫妻各領五千元獎金，但志在服務，不求回報，謝絕了此椿美意。

三、客自遠方來

新竹市東區振興社區發展協會，於鼠年的歲末，由總幹事率領志工群來到了前線，居住在家附近的民宿。

這支隊伍，年齡最大的是七十歲的阿嬤，老人家抱著「歡喜做、甘願受」的心情，十年來，在社區義務洗洗刷刷、煮煮切切。她的媳婦也投入了志工的行列，兩個孩子分別就讀國中與國小，她將多餘的時間，花在社區關懷據點，並且當了「站長」，帶頭示範，沒有津貼、沒有酬勞。

兩千多戶住著六千多人的都會型社區，一個鄰就有兩百多戶。真心的社區，多一份愛與關懷，他們結合社區與醫院，實地交流、用心經營。受限於空間的狹窄，靈活運用、就地取材，從營養午餐、老人福利、關懷據點、媽媽教室、手工藝品，這業務的推廣、社區的營造，投入了眾多的心力。除此，個人捐款、企業贊助，亦幫了大忙。

站長從皮包內取出親手製作、一針一線縫製而成的手工藝品，遞到我的面前，總幹事則考我：「妳猜猜看，這裡面是用什麼做的？」

觸摸與端詳，花布縫製而成的「人臉」，硬體支撐、栩栩如生，由海灘撿拾回來的貝殼撐起了面板。細絲的黑髮，繫上三條紅線，猶如綁上辮子，看來乾淨俐落；眼睛、鼻子、嘴巴，柔柔順順，髣如古典美女；花布包裹的臉蛋，星星與水果的圖案，顯得俏麗些許；鈴鐺與紅線串連，成了美美的手機吊飾。小巧玲瓏，亦是擺放櫥櫃的裝飾品。一件小小的飾物，含蘊著多少辛勤的耕耘，婆婆媽媽們，志趣一同，發揮了創造力，這件價值日幣兩百元的飾品，是她們辛苦的結晶。

於是，我肯定的給了答案：「貝殼。」

「答對了。」總幹事說：「從海邊撿拾貝殼回來，清洗、晒乾，就成了上好的材料。」

一身黑色系，看來雍容華貴的女子，由金門嫁到台灣，她的夫婿正是此社區的居民，此趟跟著來金取經，暢談該社區的種種，看她從臉上散發出來幸福的神采，想必該社區和諧處處。

已當了八年的總幹事，金門給了他很好的印象，三天的旅程，踏過大金、走過小金，面對這幸福的天堂，豎指稱讚。

四、少年夫妻老來伴

蚵香處處的村莊，曾經歷過砲戰的摧殘，屋宇洞洞砲彈孔，留下血淚與心傷。

李老先生康健樣，務農維生家清寒。百歲之齡憶過往，親歷日軍統治、古寧頭戰役、八二三砲戰，生命無價，但戰爭無情，悲慘歲月話滄桑。

生於民國前四年，今年一百零一歲，與八十八歲的「牽手」已結褵七十載。他們在日據時代結婚，日子雖清苦，伉儷卻情深，三餐地瓜湯，不加白米飯。孕育六子和六女，人人頭上一片天，感恩的心，感謝政府和地方。社會福利，深感滿意，往日的苦楚不甚唏噓，今日的生活非常滿意。

馬總統祝賀「百齡人瑞」的金牌、李氏宗親「松齡賀壽」紀念牌、榮民服務處去年「金壽桃」、今年「金蛋糕」，圍繞圓桌聲聲唱，生日快樂、喜慶連連。

人瑞開心地指著「長案桌」上的「五仙祖」，冬至迎來恭奉，明年此刻換金花、紅圓再易主。德高望重的老人家，喜上眉梢說福分，心存善念，祖先保佑、神仙庇祐。

女兒返家泡溫茶、長孫返金慶壽誕。人瑞夫妻嘴角笑瞇瞇，讚嘆長孫在台時間，日日電話連線、噓寒問暖。

重聽的老人家與我們這群訪客話家常，有些「雞同鴨講」，我們邊喝茶、邊聊天，聊他的過往、談他的近況，拉開了喉嚨、提高了嗓音，讓他看見脣形、聽見聲音。當平易近人的老人家侃侃而談往事，聲音宏亮，在他們那個「清苦」的年代、艱苦的歲月，不嗜菸酒的他，一步一腳印，美滿的人生、幸福的日子，就此誕生。

人瑞嫌塞牙縫，不吃魚肉，亦不愛精緻的食物。「枷車餅」與口酥是他的最愛，傳統的口味，配上溫溫熱熱的熟茶，數十年來，一直情有獨鍾。

不走外鄉，拄著枴杖村內漫步。牽手要他出門走走，去台灣、去國外，享受一下人生、看看一下外面。但人瑞說，留在家鄉就好，每日與老伴相依，人生就已足夠。

「互管」與「監控」是許多夫妻生活上的絆腳石，人瑞夫妻說，幾十年的生活，人生就要到盡頭，他們也會互管，但他們的相處之道，男主人管女主人的生活、女主人管男主人的起居。偶爾也會呶呶嘴、賭賭氣，但很快就相安無事。

不做穡了，人瑞夫妻清閒的過日。當四面八方出外打拼的子子孫孫返家承歡膝下，享受了團員樂。

就要告別，身體康健的人瑞和我們一起走出古厝，女主人指著我：「這是叨位的水小姐？」聽得心花怒放，「我來自烈嶼。」

「小金門的查某有夠水。」大金門的先生如是說。

如果常常有人這樣讚美，不用化妝品也漂亮。心情愉快，自然表現臉上。

分享蛋糕的喜悅、暢談人瑞的成功，快樂出們、快樂回家。

五、聖誕節快樂

校園處處聖誕樹，星光閃閃、飾品呈現。師生與家長，正義校園現溫暖。

慶祝聖誕節，配合教學參觀日，家長撥冗參加，兒童笑顏滿面。

冷的天候，從棉被鑽起，談何容易？當孩子上學，做完家事，重回被窩取暖，將整個頭埋進溫溫暖暖的世界，那可是人生一大享受，管它外頭天有多寒、地有多凍。

冷霜的清晨，很不想出門，當風一吹，臉上又多了刻痕。但是，我會老、孩子會大，他們的成長，不能錯過，最基本的親情，莫過於一路陪伴。雖然每回的參觀大同小異，但錯過了，總覺可惜。

活動中心的舞台上，由幼稚園到六年級，依序上台表演。有勁歌熱舞、也有佳謠朗誦，敢秀的小朋友生動活潑、放不開的有些彆扭。

看到兩位聖誕老公公，一是校長巧扮、二是學生裝扮，紅帽、紅衣、紅褲，配上白色的鬍鬚，一老一少，穿梭在各個角落分贈五顏六色的糖果，棒棒糖、拐杖糖、沙士糖……，見者有份，吃在嘴裡，甜在心裡。

人工草皮的親子趣味競賽，共分幼稚園組及低、中、高年級組。幼稚園的「快樂列車就要開」，長方形的箱子，設計成列車的樣子，親子共乘。低年級的「夾夾樂」，運用巧勁，筷子夾取乒乓球，看誰速度快。中年級的「永結同心」，兩人面對面，同心協力抱住一顆球，繞一圈，看誰先抵達終點。高年級的「親密關係」，一人負責放紙板，兩人想辦法夾住，繞完規定距離，途中掉落，重新來過。

親師溝通與交流，班級教學成果展覽，展出了這一學期的學習成果。家長到各班級就座，了解孩子在校學習情形，並品嚐他們的手藝，各式布丁與果凍。

禮物的交換，精美的包裝，許多家長煞費苦心。然而大宗禮物不一定佳，當孩子抽籤攜回一箱零零落落的聖誕禮，拆開之後傻眼，烏黑的玩具、難聞的氣味，一陣撲鼻，將它丟入資源回收車，無緣也不願再延續它的壽命，就讓它壽終正寢吧！

孩子導師的邀約，步上階梯、走上講台，親自分贈聖誕禮，左一句謝謝、右一句謝謝，知書達禮的孩子，在鎂光燈的閃爍下，過了一個快樂的聖誕節。

六、新書發表會

第三屆兩岸書展在城中體育館揭開序幕後，緊接著登場的是資深媒體人李福井先生的《A・T檔案大解碼——福爾摩莎不再為伊哭泣》新書發表會。儘管寒流來襲、天氣冷颼颼，然而無論是台上的長官和貴賓，或是在座的鄉親父老與文學同好，莫不抱持著一顆誠摯熾熱的心，來參與這個別開生面以及充滿著書香氣息的盛會。

福井先生的另一半、現任金門縣作家協會監事的英美姐姐，她的文筆與口才可說相得益彰。只見她手持麥克風，黑白相間的羊毛衣，配上黑長褲與粉紅色外套，左胸前高貴的蝴蝶蘭，與她美麗的容顏相輝映，展現出古中國傳統女性高雅的氣質和柔美。她不疾不徐，以端莊婉約的台風與優雅的言詞，感性地為先生的新書發表會拉開序幕，感謝大家撥冗前來共襄盛舉。當來賓致完詞，有人獻上一束溫馨的花朵、亦有人購書要求簽名，把原本熱絡的會場，提升到一個前所未有的境界。

《A・T檔案大解碼》是一本融合著歷史、社會與政治的文學鉅作。儘管它以歷史為綱，新聞為緯，並以虛擬、無厘頭式的筆觸來諷刺台灣歷史的荒謬。然而，如果沒有深厚的文學根柢，是難以把它描述得那麼生動感人的。我認識的福井先生不僅是資深媒體人，也是縱橫文壇數十年的前輩作家（筆名：終南山），對社會的觀察與歷史的脈絡自有其獨到的見解，始能構思出如此撼動人心的鉅作。從座無虛席的現場、長官與貴賓的肯定和鄉親的讚賞，從書中李炷烽縣長：「那些想用包裝與謊言欺矇社會，最後都因弊案纏身反傷到自己，因為言行相違，不祥莫大焉。」賈福相院長：「人間最可怕的是戰爭，最醜陋的是歧視，最傷心的是被朋友出賣……。」的推薦序文；與作者〈不信公理喚不回〉：「福爾摩莎，悠忽四百年，白雲蒼狗，多少人匍匐在她的腳下，不論以甚麼方式示愛，最後都在她的面前倒下，顯示他的荒謬性……。」的自序中，以及受到廣大讀者的認同，因此，我們認為這本書的出版，自有其存在與推廣的普世價值。

謹此祝福文壇前輩福井生先生與英美姐姐！

人生如戲

一、

「各位鄉親請注意，感謝神明庇佑，祈求合境平安，各值年頭家晚上七點到宮廟集合，研商及分配作醮的事宜。」擴音器那頭傳來福伯的聲音，小小的村莊，居住了幾十戶的人家，每每廟宇有慶典，熱衷宮廟事務的福伯，總是拋下個人俗務，由外地趕回，從籌劃到執行，總要忙上好些天。

「又要作醮了。」阿山嬸大聲嚷嚷：「兒媳都在台灣，每次拜拜都累翻。不跟人家拜，閒言閒語一大堆，說什麼不尊敬神明、道什麼不懂隨港入灣。要跟人家拜，體力已衰退，張羅一大堆，冰箱堆積如山，放久了，也是清出來餵豬羊。」

「妳小聲一點，免被人聽見。我今年是值年頭家，等一下要去廟裡抽籤，雖然累、雖然忙，忙過這一次，『頭家符』交到別人手上，就換別人當，再輪也要等上好幾年。」阿山叔制止後，旋即低頭吃他的地瓜稀飯。

阿山嬸轉移了話題：「黃甲魚配稀粥最好吃，聽年輕人說有鈣質、可以顧老骨頭，老伴，你就多吃一些些。」

「少年時候一斤五塊錢，現在一斤叫價五十塊，想吃還不一定買得到，時機不同啦。」阿山叔吞下稀粥繼續說：「要不是年紀大，體力不如前，自己撒網自己抓，想賺我的錢，哪那麼容易。」

「吃老還不認輸，老就要認老，你以為自己還是少年家。」阿山嬸眼睛一飄，「少年時候賺人家、年老時候讓人賺，誰也沒佔誰便宜，剛好扯平該認命。」

「妳說得也對。囝仔放尿漩過溪，老人放尿滴到鞋，一歲一歲差，天亮等夜晚，躺到床上眼睛盯著天花板。好不容易捱到公雞啼，夜晚沒睡好，清晨哈欠連連想睡覺。」阿山叔吃完第一碗，再盛第二碗，湯瓢鍋中攪，盡挑地瓜放入碗，「下次煮地瓜粥，再加一些地瓜簽，比較合胃口。」

「地瓜不要吃太多，會放臭屁，去外面找人家坐，讓別人聞你的臭屁味，多難為情。」阿山嬸提醒。

「地瓜助消化，放屁透空氣，有什麼不好。又不是照三餐吃，沒那麼多的屁啦。」阿山叔吃完最後一口說：「等一下妳清一清碗筷先去睡，我要去廟裡講作醮的事。門妳盡管鎖，我自己帶鑰匙。」

「這一去，不知要幾點才回家，記得多穿一件衫。夜深霧濃，別著涼感冒了，要我跟你受苦。」阿山嬸叮嚀。

二、

廟旁的一間休息室，角落堆放著雜具、旗子與神轎。空曠的地方，置放沙發椅組、電視、公文櫃、茶車。廚房與衛浴設備就在邊間，只見福伯低著頭，將燒好的開水，在茶盤裡一遍又一遍的燙洗。接著，將茶壺、茶海、茶杯內的水倒出。從置物櫃裡拿出村人愛喝的熟茶，用竹勺將茶葉舀出，習慣喝濃茶的福伯，一口氣放進了好幾勺，他愛茶香、更愛那如巧克力色澤的茶味，而他的牙齒也留存著深深的茶垢。

「福仔，泡茶等我喝啊？」阿山叔一進門，打著招呼說。

「哇！叫你第一名。真虔心，神明看了一定很高興。」福伯回過頭，瞇著眼睛說。

「做穡人吃得晚，日頭沒下山，不知要摸碗。」阿山叔拍拍屁股坐了下來，隨即打了個哈欠。

「喝茶啦。」福伯遞一杯熱茶到他跟前說：「穡別做那麼多，有夠吃就好，身體重要啦。年紀大了，筋骨要顧好。」

「目油滴、眼珠澀，每天雙眼塗上一層眼屎膏。太陽出來等月亮，月亮出來又等太陽，沒有一日睡好覺，躺到床上睏不去，坐在椅子眼睛瞇。年歲越來越大，記性越來越差。」阿山叔一陣感慨：「民情風俗少年的都不學，剩我們這些上了年歲的在硬撐老骨頭。」

「現在最煩惱的是人口的外流，村內有事，常碰到找不著人幫忙的窘境。」福伯亦有同感。

「是啊，就連作醮、找人抬神轎都是個問題。人手越來越少，煩惱越來越多，沒法度的事。」阿山叔搖搖頭說。

「其實沒這麼糟，主要是許多人自私的心態，要他出個力，好像要他的命。神明是大家的，設醮慶典乃民俗所致，既可發揚傳統也能聯誼鄉親，主動積極是每個善男信女應有的典範。」熱衷宮廟與地方事務的福伯有感而發地說。

三、

值年頭家紛紛來到，福伯宣布配合事項，依據每年作醮實施辦法執行。然後一一抽籤決定各頭家所分配的任務，包括請戲、請法師、鎮五方、過橋、顧壇、獻敬花寶、拜舊宮地、安排散食及通知參宴人員等。

福伯清楚地紀錄著廟內所供奉的神明——聖侯恩主公、恩主娘、留府千歲、秦府王爺、關聖帝君、天上聖母、廣澤尊王、林府王爺、李府將軍、溫府王爺、朱府王爺、池府王爺、李將軍、衛將軍、太子爺、鎮境公、註生娘娘、池府王爺、蘇府娘娘。亦將乩童、筆生、鄉老和廟宇的坐向，坐寅向辛兼甲庚，七十七年開工、七十八年完工、八十三年奠安，詳細記載。

依工作分配表，值年爐主一人、值年頭家九人，福伯編印「頭家輪序表」，每組七人，每年作醮一次，輪值一人當頭家，作醮期間分發家戶通知單並到廟內協助。

作醮前一天，頭家繳回人口統計單、與弟子先整理廟內外環境。廟內清香爐、廟外清金爐，裡裡外外，打理整潔，並至鄰村恭請諸神菩薩前來廟內安座，共襄盛舉地參與慶典。傍晚的道場布置，「搭壇」之後「安壇」，慶典的序幕就此拉開。

作醮當天，家戶將「玉皇金紙」及「王爺金紙」送到廟宇，由專人收取。並於家戶騎樓設香案，香案桌上擺放香爐、燭臺、水果餅乾與金紙，並準備一串禮炮，待王爺巡境鎮五方，燃放鞭炮以示慶祝。

正式「起壇」作醮的那天，宮廟可說熱鬧無比，四面八方的善男信女不約而同地攜帶著金紙與「菜碗」，虔心地祈禱全家平安、事事順利，並且「添緣」。由專人負責管理，以紅紙書寫芳名張貼。而廟內儀式則為起鼓、法奏、請神、獻敬、拜斗、晚朝、進金紙。

第二天的儀式分別為起鼓、進表、獻敬、拜斗、放兵、送天公、王爺巡境鎮五方、安橋、安門符、過布橋、晚朝、辭神、收軍、拆壇。

阿山叔今年抽到「獻敬花寶」，要準備由雞、魚、肉所組成的小三牲。糖、飯各一碗。花、吉、春各一對。金飾、白銀及四角燈一盞。十二樣的飾物縫在紅色的絲巾上方，置放紅色圓盤。金器、銀器是阿山叔平日上山下海、節衣縮肚掙來，準備日後留給子孫紀念之用。阿山嬸謹慎地、一針一線地縫在剛從城區百貨行買回來的紅絲巾。雖然家裡的衣櫃有很多條，但都使用過，尊敬神明誠心誠意，要乾淨，必須買新。

「過香爐的拿來配戴比較保平安。」阿山嬸邊縫邊說。

「別顧著說話，這些都是百年之後要當『手尾』用的，雖然不值幾分錢，但都是血汗，線要牢固，多縫幾針。」阿山叔提醒。

「會啦會啦，我做事、你放心。」阿山嬸得意地說：「我們過去無橫財，現今要吃要用也不必跟人伸手，年輕人討賺讓他們各自生活，我們不囉唆，他們沒負擔，百年之後，意思意思做紀念。」

「只是這些金飾存放多年，已經退了流行，不知道年輕人會不會嫌？」阿山叔嘆了一口氣說：「以前金飾貴，養了豬羊賣了錢，不敢存銀行，三不五十銀樓轉，虧利息，就怕黃金不夠看。」

阿山嬸應和：「你就怕銀樓倒。以前錢大，一兩三萬多。現在錢小，一兩還是三萬多。」

「買都買了，計較那麼多。人家銀樓要高價收購舊金，是我們自己不接受。」阿山叔繼續說：「舊金雖古板，貨真價實零負擔，人家都說舊金比較好。不管那麼多了，以後年輕人如果不喜歡，他們再自己換。現在的少年人，喜歡黃金的越來越少，鑽石才是他們的最愛。這鑽石難保值，我認為還是黃金好。」

四、

阿山嬸提著菜籃，走向車站，邊走邊向村人打招呼，「拜拜的東西準備好了沒？」

「還沒啦，我家媳婦會準備。」巷子裡的阿好嬸探頭說：「現在物價上漲，隨便上街也要好幾千塊，年輕人要叫『菜館』，拜拜的東西師傅會幫忙張羅。這樣也好，一把老骨頭了，折騰不起啦！」

「妳真好命，有年輕人幫忙打點。」阿山嬸輕嘆一口氣，「我們老歹命，兩個老的相依為命，什麼事都要自己動手。」

「想開一點。」阿好嬸說：「時機歹歹難討賺，不向外發展，在這窮鄉僻壤能賺幾毛錢。你們兩個老的，吃穿不用愁，顧緊身體，手腳靈活、健健康康，就是福氣啦！」

「吃的當然有，怕的是生病沒人照顧，想起來心就愁。」阿山嬸指著遠方，「路遙遙啊。」

「不會啦，有左鄰右舍，會互相照顧的。」阿好嬸安慰著說。

「鄰居也是要看啦，好鄰居當然是福氣。妳沒聽人說，種田好田邊、住厝好厝邊。妳看那個頭歪歪、雙腳一長一短的那個壞蛋，棺材已經進到脖子，每天在村子裡大呼小叫，沒修養，人家不跟他這個沒水準的計較，他把自己當成王，搞不清楚狀況。這種人，死了自己挖坑自己跳，還會讓人放鞭炮。」一路見不平的阿山嬸氣憤地說。

「村子不平靜，就是有這種人吃飽閒閒愛胡鬧。對村莊沒貢獻，無理取鬧愛作怪。看著吧，人不與他計較，上蒼自會對他責罰，禍延子孫啦。」阿好嬸心有同感。

「就是說嘛，丟臉啦。平日喜歡將人踩在腳底，人家只要沒拜碼頭，就被整得很慘，三番兩次找麻煩，人家全多餘耶。一直給機會，還得寸進尺。」知道內情的阿山嬸說。

「感化一個人，沒那麼容易啦，牛牽到北京還是牛。」阿好嬸搖搖頭說：「遇到不明事理的人，不計較，只有自己吃虧、當炮灰。像我家附近那對新搬來的夫妻，好的沒有他們的份，壞的常降臨他們身上，運氣真差，不但常被人刮車，最近還被戳破好幾次輪胎，已經換了好幾個。這種小人，犯罪都在半夜，以為神不知、鬼不覺，恰巧就被人撞見，地方這麼小，馬上傳開。這種沒天良的事，也做得出來，等著看，心腸這麼壞，會遭報應的。」

「像這種壞心眼的人，也不用拜啦，一天到晚拿香祈求神明大富大貴大發財，沒有用的啦，拜了神明也不會保佑。」阿山嬸應和著，之後看看腕錶，「公車要來了，我先走，改天再『開講』，有空多來家裡走走，有人講話比較不會無聊。」

五、

遮風避雨的候車亭，那長長的椅子，坐了數位婆婆媽媽，她們不約而同上市場，尋覓豬肉攤上的「好肉份」。不似腿肉塞牙縫、線條分明的五花肉是她們的最愛。雞、魚、肉是拜拜時缺一不可所組合而成的三牲。婆婆媽媽們將五花肉川燙煮熟，孝敬神明後，滷的滷、炒的炒，不油不膩。滷的時候加一些海帶、豆干、雞蛋、車輪、花生，先起油鍋、薑絲爆香、放入冰糖、下醬油，外加八角或滷包，加水，蓋過食材。

蒜苗快炒五花肉，別有一番滋味在心頭。加豆干條和米血，味上加味更開胃。屠宰場的新鮮豬血，與米結合，蒸熟，切細塊，再切細條，與五花肉拌炒，迎合了老一輩最愛的古早味。

妳一言、我一語，暢談「拜拜經」的同時，公車已緩緩駛來，魚貫地上車，阿山嬸掏出口袋裡的公車ＩＣ卡，刷了一下，在「博愛座」的位置坐了下來，順勢摸了摸「暗袋」，這個特別一針一線縫製而成的口袋，藏身在ＡＢ褲裡層，她將家用的紙鈔以橡皮筋繫牢，平時就裝在這個暗袋裡，袋口用別針固定，以防掉落。

「又要花錢了。」阿山嬸用指腹沾了一下口水，數了兩張千元大鈔，邊放到另一個口袋，邊念念有詞。

「做錢就是要花。」後座的金花嬸聽見了她的嘀咕聲，即刻說：「讓錢去死，不要人去死。」

「人情世事多，不節儉、難過日呀。」阿山嬸嘆了一口氣說。

「有老人年金，夠用啦。妳看我，每個月都有剩。」金花嬸得意地說：「昨天住在外面的孫子回來，我還拿錢叫他們去幫忙存銀行。唉，青瞑不識一字，什麼都要麻煩人。」

「妳用得比較省，自己種菜、養雞鴨，下海抓魚自己殺。幫妳算一算，上街大概只有買米買肉和買蝦。」阿山嬸羨慕地說。

「妳說得對，自給自足好過日。其實，我會那樣勞碌，是想多活幾年，少吃外頭那些噴灑農藥的東西。」金花嬸苦思一陣後說：「要不是年紀大了，我連稻米都會自己種。寧可吃下滿肚子的蟲，也不要喝下滿腸子的農藥。」

「農藥會死人、吃蟲會做人。吃了蟲沒病害、喝了藥死翹翹。」阿山嬸感慨地說：「鋤頭拿不起、肩膀扛不動，講了也是白講。」

聊天的時光總是過得比較快，公車站已在前方。司機停妥，乘客再次拿出手中的ＩＣ卡，又再次地刷了一下，下站後，紛紛朝市場走去。

六、

阿山嬸上了市場，買了金紙、魚肉、菜碗、鹼粽和椪粿，肩膀有負擔，兩手很沉重。當她要走去車站搭公車的時候，突然有人喊住她：「阿山嬸，我幫妳載。」

阿山嬸回過頭，原是那對新搬來的夫妻，車子已在她身旁停下，夫妻倆下車，各從阿山嬸的手中接過東西，放進車裡。

「多謝啦，多謝啦，在這裡碰到你們實在太好。」阿山嬸興奮地說。

「不用客氣啦，順路。」年輕夫妻異口同聲地說。

「太太，妳頭家叫什麼名字？」阿山嬸習慣喊軍人的妻子叫「太太」。

「我先生叫蔡浯民、我叫冷如霜。」自我介紹後，冷如霜說：「阿山嬸，以後喊我阿霜就可以了。」

「好好好，這樣比較親切。」阿山嬸打量了冷如霜一下，不解地問：「你們在這村子裡，是不是得罪了誰？」

「沒有啊。」冷如霜繼續說：「有緣住在同一個村子裡，就是一家人。」

「夭壽哦，人家要把你們趕出村子。」阿山嬸抓抓頭皮：「聽說你們的輪胎常被刺破？」

「是有此事。」冷如霜說：「我是覺得，人要心存善念，免得遺禍萬年。」

「妳不怕？」阿山嬸關心地說。

「沒什麼好怕。地方這麼小，任何人的為人處事如何大家都有耳聞。我一直在給犯罪的人改過自新的機會，所以沒掀他的底牌。」冷如霜說。

阿山嬸輕嘆一口氣，「造孽啊。」

冷如霜亦輕嘆一聲，「舉頭三尺有神明，我相信因果。」

七、

佇立於村口辟邪與鎮風沙的「石獅爺」備受村人的敬仰，每回慶典，村民都會準備金紙與供品祭拜。

阿山嬸用竹籃放入供品，以「八角公」盛裝六碗菜，蒸芋頭、炸酥蝦、炸雞捲、炸雞塊、滷豬腳、滷蛋。誠心地來到石獅爺跟前，點燃兩支紅色小蠟燭，左右對稱緊黏於地面，再燃上三炷香，金紙則置放供品旁邊。雙腳跪於地，嘴中念念有詞：「石獅爺啊，祢要保佑喔，保佑全家大小平安順遂，大發財，子孫旺旺來。」

稍待片刻，阿山嬸焚金紙，白煙嬝嬝，燻了眼睛，取出了手巾輕輕擦拭。

「妳也來拜喔。」阿好嬸由遠處走來，步上了階梯，氣喘吁吁地由肩上卸下扁擔，將兩吊籃內的供品放了下來。

「是啊，妳也這麼早。」阿山嬸轉身，盯著籃子瞧，「煮這麼豐盛啊。」

醬爆清蟹、蹄筋烏蔘、芥菜鮮雞湯、油滷鴨舌、百花蝦餅、紅燒豆腐。這些琳瑯滿目的菜色，是阿好嬸的媳婦半夜下廚所烹飪而成的。白天上班的她，利用夜深人靜的時刻，悄悄地游移於廚房的琉理台。喜歡烹飪的她，無師自通，看了電視上的美食節目，放假天就會上市場，由食材的挑選到烹煮的完成，不假手於他人。阿好嬸一家，常有口福地享受著媳婦鑽研而來的菜餚。

阿好嬸的臉上露出了喜悅的神色，「這些是我媳婦煮的。今天只拜兩個地方，石獅爺和犒軍，自己隨便弄一弄。明天拜的地方多，叫菜館，師傅會幫忙張羅。」

「時代不一樣了，大家都尋方便，以後我也要菜館叫一叫，反正一樣要花錢，就讓餐館幫忙打點。」阿山嬸若有所悟地說。

犒軍在自家門口，備草料水。清水一桶、草料在農業時代均用晒乾的花生藤，當種田人家越來越少，紛紛以地瓜藤、菅芒、菜葉取代之。

阿好嬸每年在清明節前後，都會在自家田地用「五齒」整田、用鋤頭劃線。再打著赤腳在田地裡踩著腳洞，灑下篩選過的花生米。接著就是灌溉、鋤草，當暑假一到，歡喜收成。阿好嬸一手拿著小凳子、一手捏著飼料袋，在田地裡，一邊拔花生、一邊採花生，將粒粒飽滿的土豆放進飼料袋，品質較差者，餵食雞隻或做肥料。花生藤則是一綑綑的綁好，在太陽底下曝晒，當顏色由綠轉黃到乾，即收藏倉庫，日後餵食黃牛與初二、十六犒軍拜門口做草料之用。

阿山嬸的孫子十二日送油飯時，他人在盤底放入花生「壓盤」，這些花生依循古例要「播種」，讓子孫綿延不斷。阿山嬸將它們灑向田間，讓它們成長。起初，還有一些收成。但多年之後，礙於年歲已大，無法彎腰駝背施肥、鋤草，逐漸地少有收穫。阿山嬸在年事已高時，田裡的農事，逐漸放棄。但夫妻倆喜歡食地瓜，種了一些食用兼運動。

「土豆藤給妳拜拜。」阿好嬸捏著兩把花生藤，邊走邊嚷著：「兩把給妳拜兩天。」

「多謝啦，每次拜拜都讓妳幫忙準備。」阿山嬸不好意思地說。

「說那個什麼話，厝邊頭尾像一家，別客氣啦。」阿好嬸順勢指著遠方說：「我要去跟她們講，來拿土豆藤沒關係，拜好要另外放，有沒有拜過都放在一起、攪在一塊，下次會弄亂。」

「她們不懂習俗，不知拜過的不能再拜，我們這代要多跟她們『牽教』。很多民情風俗大家都不是很清楚。」阿山嬸提醒。

八、

「送天公」之後，神明巡境鎮五方，一尊神轎四人抬，走過大街、繞過小路，家家戶戶於香案桌上點燃三炷清香，在屋前燃鞭炮。

吃「三牲糕」，設於廣場，家戶抬出桌子，桌桌相連、整齊排列。每塊桌子用繡上「金玉滿堂」字樣的「桌圍」圍住正前方。桌上擺香爐、燭臺、順盒、菜碗、三牲、水酒、椪粿、鹼粽、金紙。每戶的禮炮則連接為長長的一串，引燃時，砲聲沖天，硝煙瀰漫整個廣場。此刻，萬頭鑽動，將慶典達到最高潮。

神明穩坐神轎中，善男將神轎安座於廣場。信女們則虔心地跪拜、叩首。願全家平安順遂，好事來、歹事去，年年大豐收。

「安橋」之後，家戶到廟前拜「榜腳」及「橋腳」，阿山嬸與阿好嬸各用扁擔挑起兩個竹籃，分別盛裝「榜腳」與「橋腳」的供品和金紙，並肩走著。

「忙了兩天，終於告一段落，可以休息了。」阿山嬸說。

「今晚來讓我們請啦，有叫桌。」阿好嬸熱情邀約。

「一樣在拜拜，不用啦，我們家也有。」阿山嬸客氣地說。

「有什麼關係，都是好厝邊。」阿好嬸笑瞇瞇地說。

「真的不用啦。我那些拜拜的東西也要吃上好些天。就兩個老的，吃不多，牙齒又不好。」阿山嬸說。

阿好嬸轉頭，「牙齒不好要去補一補，沒牙齒，吃了不消化。蛀了牙，去抽抽神經，填補一下。」

「看個醫生要等老半天，嫌麻煩。」阿山嬸揮揮手說：「不去啦，活到這個年紀也夠本了，門面也不想再裝修了。」

「上山也半天、下海也半天，去看看，順便走街上。」阿好嬸張開嘴巴，「妳看我這一口假牙，既美觀又好咀嚼。以前想法像妳一樣，聽了孩子的勸，修修補補之後，現在舒舒服服。牙齒真的很重要，沒這牙齒不行的。」

「貴不貴？」阿山嬸提問。

「現在有健保，洗牙、填牙不用錢，補牙就要算。看補什麼材質，以顆計算，普普通通一顆大概三、四千。」阿好嬸回答。

阿山嬸思索一下說：「我這一口，算一算，不少哦。」

「割肉一次疼，划算啦。」阿好嬸說：「妳看我多快活，不必吃碎肉。」

九、

「爐主」端香爐走在前頭引領法師挨家挨戶「安門符」，值年頭家在稍早就將「門口符」送至各家戶手中，讓他們張貼於門外。至於出門在外的家戶，「輕快」的頭家會隨身攜帶膠水幫他們張貼。

隨著人來人往的酒宴，那此起彼落的划拳聲在空中飄蕩，刺破了寂靜的夜。當曲終人散，廟宇前的「過布橋」亦告一段落。辭神、拆壇後，諸神回殿入座。

安排散食及通知餐宴人員的老沈，將拜拜時的三牲、五牲做了處理，然後在夕陽西下，穿梭於大街小巷，通知執事鄉老、頭家、乩童、筆生，到指定的地方餐敘。

「阿山，晚上記得來吃便餐。」老沈騎著那輛跟著大半輩子的破舊老爺車，依照名單，挨家挨戶的通知。來到阿山叔家門口，「車鍊」脫落，彎下身子修理，不一會兒功夫，就修好了。

「好好好。」阿山叔靠近老沈，端詳一陣說：「老沈，車子該換新啦。存那麼多錢幹嘛，討老婆呀？」

「都已經幾歲的人了，還討老婆。自己一個人過得逍遙自在，就已足夠。」老沈輕嘆一口氣說：「不是我對女人沒興趣，而是要找一個老伴談何容易。已經過了結婚年齡，現在講求的是實際，先存足老本再說。」

「你這樣說也對。只是，孤家寡人，膝下無子女，百年之後無人送終。」阿山叔好奇地問：「你沒打算收……。」

未等阿山叔說完，老沈接著說：「我不會收義子、也不會收養子。你不知道呀，我有一個同鄉，收了一個義女，需索無度，算了算了，不說也罷。」

「不是每個人都這樣啊。」阿山叔說。

「看我同鄉這麼辛苦又痛苦，一朝被蛇咬，十年怕草繩，我什麼都不會去想。」老沈肯定地說：「我的日子所剩不多，打算這樣走完人生盡頭。」

老沈的眼眶布滿著淚水，阿山叔察覺有異，「老沈，你怎麼了？哪裡不舒服嗎？」

「沒事沒事，我只是隨便說說。」老沈揮揮手，逕自騎車離去。

望著老沈孤寂的身影，阿山叔搖搖頭，嘴中喃喃自語：「吃老就什麼都不是了。老沈在等日子，我又何嘗不是。」

十、

深更半夜救護車的鳴笛聲讓睡夢中的人兒驚醒。開窗的開窗、開門的開門，有的探頭看，有的乾脆走到屋外端詳究竟。

救護車就停在老沈的家門口，消防人員三步併做兩步地衝進屋宇。不一會兒，將臉色蒼白的老沈用擔架送上救護車，當車影逐漸消失，留下了眾人的竊竊私語。

「老沈的健康狀況一向良好，怎麼會突然倒下？」阿山嬸最先發出疑問。

「前幾天見他泛紅眼眶說來日不多，細究原因沒結果，他就是不說。」阿山叔回答。

阿好嬸突然迸出一句：「聽說是癌症末期。」

「妳怎麼知道？」阿山嬸說：「飯可以多吃、話不能亂講。老沈是個好人。」

「好人不長命呀。」阿好嬸重重地嘆了一口氣，「他的一位同鄉說他日子不多，每天鬱鬱寡歡。醫生宣布壞結果，老沈後事自己張羅，交代他的同鄉將骨灰灑向海中，他要在大海自由自在地漂流。」

「老沈溫和、心地又好，對我們村子的小朋友視如己出。村內有婚喪喜慶，他都到場，我們怎能放他孤單。」阿山叔見義勇為，他的一席話，引起了共鳴。

「對對對，如果真的走到這個地步，我們就各盡一份心力。」阿好嬸說：「老沈這個人不像其他老北貢。有些阿北哥自私又鴨霸，十足的北貢番。當了一輩子服侍大官的勤務兵，久了就角色錯亂，以為自己就是大官，久而久之便積習成性，退伍下來後更是作威作福，欺壓善良。像這種老北貢，一定會得到報應的，只是時候未到而已，我們就等著看熱鬧吧！而老沈不僅有才氣、有禮貌，也熱心公益，為這個村子犧牲奉獻，做了不少善事。人家有情有意，我們更要懂得感恩啊！」

過完農曆年，老沈終於鬥不過病魔的摧殘而與世長辭，村人為了感懷他的恩德，莫不放下身邊瑣事，扶老攜幼來送他一程。短暫的致祭後，只見晴空萬里，微風徐徐，老沈的靈魂已遊移在雲端的一方，逐漸地向西方的極樂世界前行。即使他已回歸塵土，然而老沈的身影不僅活在村人的心中，更活在人們深深的記憶裡。但願寄居在這個村落的老北貢，能效法他熱心公益、默默行善的精神，好讓後人留下永恆的懷念。虎死留皮、人死留名，如老沈般地萬古流芳，而非遺臭萬年。

人生如戲、戲如人生，在這個紛紛擾擾的人生舞台，無論扮演著什麼角色，有序幕、就有落幕。願老沈的音容永存在島民的心靈深處，明年宮廟作醮，會有更多子民自動自發，發揮善心大愛，延續著老沈的精神，為這個小小的村落略盡一份心力……。

窗外人物速寫

一、人性

船過水無痕是許多人的通病，尤以現實的人生，沒什麼實力，踩著他人的肩膀順勢而上的大有人在。一個沒沒無聞的人，靠著機伶的頭腦、巧妙的手段，經營人脈，在機運到來的時刻，一躍而上，終而身段不同、架勢不同，走路看天。

肩膀讓人踩、頭皮讓人騎，上一次當、學一次乖，曾被利用之人，心灰意冷之際，亦認清人生、看清人性。原來，外表的憨厚，也有口蜜腹劍的時候，週遭親友稍一不慎，便躍入了他所設下的陷阱而不自知。

可怕的人性、汙濁的人心，那單純的人兒實不容於複雜的社會。心存善念有理想，營造幸福的空間，難上加難。尤以是非之地是非多，汙濁環境難清流。理想主義，不合乎現代邏輯。

公理倘若喚不回，不如停下腳步歇一歇，遺憾地離開。世界之大、島嶼之多，選擇一個屬於自己安身立命的地方。

同樣的一顆心，由左胸膛散發出去的，形形色色。尤以處於現今利慾薰心的社會，名與利的結合，要出汙泥而不染談何容易？當遇見難得的一股清流，正欣喜之際，由後而來的排山倒海，將之壓得喘不過氣，之後紛紛以圓融勸之。須知，社會講究的是歷練、人心存在的該是善念，不是一味的應和與盲從。墨守成規的結果，改革之路難上難，心力交瘁心受傷。

正義的伸張，秉良心做事，不該只是一個口號，心口如一為首要，不是見人說人話、見鬼說鬼話，蜜糖隨處飄，飄過之後煙消雲散，從此視而不見，再找一個下手的目標。

二、飲酒

適度的飲酒，有促進血液循環的功用，但飲用過度，傷財傷身傷和氣，得不償失。

一身酒味的男人，踉蹌的步伐跟平日的靦腆不搭軋。平時中規中矩，此刻醜態百出。當酒醒之後，不知有否後悔貪杯釀大禍？

滴酒不沾的人自然勸人少喝酒、多喝茶。如此一來，酒廠生意差，縣民福利將被刮。

一直以來，很反對喝酒文化，尤其親睹飲酒過量，葬身酒海，毀了家庭，人間悲劇一樁又一樁，何苦如此不堪。傷了父母心、苦了妻小難度日。

一路喝酒一路醉，誤將馬路當成床鋪，任它天搖地動，打鼾聲勝那車流聲。此時，天地為家、酒精壯膽，不需棉被不需床。運氣好，隔日光線刺眼簾，在劫難逃則說再見。

黃湯下肚，借酒裝瘋的大有人在。今天話不投機，明天拳打腳踢。醉後甦醒現原形，思想起，彷如催眠已忘記。

酒國逞英雄，自不量力。在其他工作崗位盡心力，才是實際。

金錢有地方賺，名聲沒地方買。酒後亂性誤前程，貪杯的結果，毀了自己，也傷了週遭的和氣。甚且，賠了性命，還不知自己是怎麼死的，那就真的死得太冤枉了。

三、市場一瞥

霧朦朧、雨飄灑的清晨，經過了市場，忽見一老人，坐在一張鐵椅上，身邊放了一個環保袋，旁邊則有幾位阿嫂圍觀。

趨前探究竟，原是天雨路滑，老人家不慎跌倒。發現他額頭和膝蓋受傷，欲嚷來找停車位的另一半將他送至醫院。上醫院要花錢，老人家說什麼也不肯。看他衣衫襤褸、又身上破皮，告訴他不用怕，有健保，至於一百元的急診費願意幫他負擔。

老人家拿出身上的手機，要我幫他撥回家。很不巧，手機沒電。我掏了掏口袋，突地想起昨日將手機置放大衣口袋，今日不冷，未穿大衣出門，也忘了隨身攜帶。繞了一圈，周圍一樣沒人帶手機。而此刻，正好有一輛休旅車經過，眾人你一言、我一語，醫院不遠，請駕駛載一程。

難過的答案：「叫救護車呀，等一下如果發生事情，將責任推到我身上，要叫我負責嗎？」

由外觀判斷，只受皮肉之傷，不到「死人」的階段。但「內傷」之謎？惟有醫生能解。醫院就在前頭，不是很嚴重的傷，亦要嚷來救護車，豈不浪費醫療資源？我們每個人都有跌倒的經驗，縱然只是磨破皮，也不是好走路。年輕人如此，瘦骨如柴的老人身上也沒什麼肉，豈不更疼。

安撫老人家，原地休息，等我搬救兵。猛回頭，老人家的親戚瞧見了他，幾個人，有的幫他提東西，有的帶他上車，將他送回家。

走到車身旁，告訴他的親戚，「阿伯的額頭和膝蓋受傷，記得帶他上醫院擦藥。」忙沒幫上，倒是看見市場百態。

四、消費券

消費付券免付錢，多多益善商家歡。你來我往話消費，一券在握好過年。

年關將近，孩子愛過年，大人很為難。新衣新鞋和新襪，外加壓歲錢，孩童露笑靨，大人展愁顏。

歡喜過年，幾家歡樂幾家愁。年終獎金夠豐渥，春節日子免煩憂，遊山玩水任遨遊，走國內、飛國外，自由自在樂開懷。遇見經濟不景氣，減薪的減薪、裁員的裁員，經濟有負擔，過個好年難上難。

甘霖從天而降，猶如玩具紙鈔的消費券，每人發放三千六百元，分別有貳佰與伍佰，將它藏進了口袋，經濟稍寬鬆、肩膀稍輕鬆，表現於臉上的是眼角笑瞇瞇、嘴角盪漣漪。天上掉下來的禮物，縱然睡眼惺忪，突地一震，雙眼亦會露星光。看到錢來也，當然是面帶笑容迎鈔票。

消費券的領取，攜帶身分證、印章、通知單；未成年由法定代理人攜帶戶口名簿。消費券的使用，因人而異，許多人將它花在辦年貨。以往花「真鈔」、現今玩「假鈔」，沒有用到自己口袋的分毫，燦爛的笑容如花朵綻放。

一家六口，總值兩萬一千六百元，好過年、不必花口袋的錢。將它們用在壓歲錢、辦年貨。走到街頭巷尾，大家都說政府好，民間疾苦都知道。但聽到許多聲響，反應二百元少、五百元多，上個市場買個貨，不找零，硬要東湊西湊，湊足五百元。「敗家」的結果，商家不嫌多、消費者皺眉頭。

商家紛紛推出優惠方案，使用消費券，買千送百、大摸彩、物超所值大回饋……。一人一份三千六，從指尖溜出去的，無論一次打死或多次消費，千萬記得在既定的時間用完。刺激消費，可別辜負了政府的一番美意。

五、年終大掃除

除舊布新賜予整潔的環境，平日一小掃、年終一大掃，掃塵埃、去霉運，來年行大運。

沿著村莊走一遭，撿拾垃圾與清掃，大人小孩逗陣來，還原社區真面貌。環境的整潔由自身做起，再擴及他處。當走過大街、繞過小巷，自動自發的人兒紛紛加入陣容，無論出力多寡，「心意」讓人感佩。

古厝旁的一條小水溝，雜草叢生，砂石阻塞了水流，只見埋頭清理的男人在冷冽的天候，由額頭滴落汗水，那一襲紅色的夾克，染上了幾滴汗珠兒。憑藉著一己之力，在圓鍬的輔助下，數個鐘頭後，水溝不堵，還原了清新的面貌。

這樣熟悉的背影，雖然不普遍，但終有人出現。數年前，一位退休老師，常帶著他的孩子掃馬路，當枯黃的樹葉紛紛飄落，飄灑在馬路的兩端，人車穿梭，葉影跟隨，經過他們的打掃，道路整潔。而海邊旁的「石將軍」之處，雜草掩過人頭，小腹微凸的男子，主動除亂草，讓空曠的環境更清幽。經過廟宇旁，常看到那個瘦弱的身影蹲於地，用小鐮刀劃去石縫裡的小草，輕輕割、慢慢刮，沒人發現他將小愛化大愛，但剛好被我瞧見。

島嶼拜拜多，飲料裝成籮，看到阿兵哥口渴，派上用場地由家中端出各式飲料，其中一位很有禮貌地說：「謝謝阿姨。」

「叫姐姐，喊阿姨就不給你喝。」有點年紀的女人，真怕被人叫老了。

這代的年輕人，腦筋靈活、異口同聲地：「謝謝姐姐。」

由後方來前線服兵役，時而看到家屬來探眷。來的時候擁抱而泣，去的時候離情依依。十年之後，如果仍有兵役制，這幕景象，將在我的兒子身上重演。現在多疼他們一些些，將他們當自己的孩子看待。哪天，孩子出遠門，亦能遇貴人。

垃圾不落地不該只是一句口號，沿路而行，寶特瓶、鋁箔包、便當盒、破拖鞋、廢紙類……，清掃了數袋的垃圾。是人兒隨地扔？還是風兒到處飄？這在島嶼隨處見，累壞了環保的人員。

除舊布新乃民情風俗所致，然而平日多清理，給自己一個窗明几淨的空間。過年關，不必費時費力氣，清潔人員亦不需疲於奔命地載走一車又一車的垃圾。

六、迎新年

遊子返鄉圍爐團圓，家家戶戶貼春聯、拜祖先。主婦忙，暈頭轉向為過年。裡裡外外掃一遍，洗洗刷刷好印象。除舊歲，一掃塵埃迎新年。新年好，萬事如意笑嘻嘻，春風滿面洋喜氣。

恭賀新禧、招財進寶、年年慶有餘……，一樣的過年，不一樣的景象。年節的風俗依舊在，熱鬧的氣氛少營造，街上走一遭，舞龍舞獅見得少。鄉間寧謐如往昔，年假何處去？活動雖然多，奈何天公不作美，室內室外溫差大，氣候冷颼颼，陰雨綿綿壞天候。

不怕濕冷的人兒走出了戶外，將頸子縮進衣領間，省油錢，環保有概念，採購年貨搭公車，不怕暈來不怕擠。只是白髮蒼蒼的老伯伯，上車沒位置，有人假寐、有人賞窗景。年輕人，有一天，你們也會老，教育乃百年大計，敬老尊賢從「心」做起。

走進了一家蛋糕店，為孩子訂購了一個生日蛋糕，恰巧過年，別家關門、這家開。櫥窗裡一個接一個的黑森林蛋糕，大大小小、整齊排列，上頭貼滿著各訂購人的名字與尺寸和取貨時間。看來不錯吃的樣子，順勢也預定一個十吋、售價七百五的黑森林。

店員告知過年期間沒送貨、要自取。再則十吋沒盒子、因應人手少，生日蛋糕統一攪。

「過年期間不是應客戶需要，是配合你們需求？十吋的盒子沒有，是已經賣完了，要等年後進貨嗎？」我不解的問。

店員思索了一下，「盒子是有啦，只是我們過年人手不夠，生日蛋糕都是一次攪拌，而且客人來，都是我們店裡有什麼就買什麼。」

恍然大悟，「難怪櫥窗裡的蛋糕那麼統一。」

隔著一扇拉門，走出來了一位女士，順手一比，比向靠近走廊外的一個櫥窗，「那兩個就是十吋的，現成的、剛好是妳要的尺寸，一個是大理石、一個是皇冠。」

「我喜歡現做的。」我不假思索地回答。

「我告訴妳哦，現代的小孩子都喜歡吃這些口味……。」她熱情的解說與推銷。

「是要買給我孩子的。我清楚他們的口味、了解他們的喜好。」抬頭看了一下屋角下按尺寸整齊堆疊的盒子，怎麼沒有將它們藏好，就告訴我缺貨，「聽不懂妳的意思。你們『真的』沒盒子了嗎？如果沒有十吋盒子，我買十二吋。」

「嗯，盒子是有啦，只是……材料沒有了。」女士回答，「妳不考慮我剛才說的那兩個？」

吃下肚的東西，當然要謹慎，壞了腸胃自己倒楣。數年前，到一家麵包店買鳳梨餅，聽信了店員的「新鮮」說詞，當夜上吐下瀉、急性腸胃炎住院多天。責怪自己「飫鬼」，沒找商家理論。事隔多時，再遇見該店員，她打躬作揖地賠不是，並誠實地告訴我當日所賣不新鮮，且感恩我的不追究、對他們的寬容。

從此，每回購買，不要求「好吃度」，但一定要求「新鮮度」。

礙於迎新年、亦有諸多不便，勉強地訂了其它，但堅持不買櫥窗內現擺。挑了一個十吋、價值八百元的「咖啡核桃」，就吃吃看吧。

取貨時，再次瀏覽了櫥窗，大清倉，好個「除舊布新」。

七、快樂天堂

由荒煙漫漫到幸福滿滿，流盡多少人的血汗，二十多戶的人家，住在古厝與現代樓房。人少地方大，屋宇與田園密切結合在一起。我們看到了地瓜田、見到了瓶刷樹，戀戀老榕根留住。快樂的天堂、幸福的聚落，成功地營造了下一代的未來。

走訪了「總體營造的生態農場」，冷風雖不刺骨，腳底卻感寒涼。聲音有些沙啞、頭髮有些微白的導覽員，中性打扮的她，帶領隊伍一路解說。

「稻草人公園」，名符其實地由高粱草人編織而成，但潮濕的三月，高粱草人改由牧草製作，栩栩如生。

由鐵條當底、漆上黃色和綠色油漆的「鵲橋戀人」，圓拱形的橋，戀人相會。將思緒拉至牛郎與織女，農曆七月初七的鵲橋之會，這淒美的愛情故事，當人們祭拜油飯與麵線時，多希望有情人終成眷屬。

由十顆不同顏色造型的草莓組合而成的「草莓摩天輪」，如吸盤地將遊客的手吸了上去，轉呀轉，轉出繽紛的色彩。在燦爛的陽光下，圈圈閃耀。愛不釋手的孩童，手猶如被吸、腳髮如被黏，久久不願離去。

「盪鞦韆」，盪出童年的記憶、揮灑童稚的時光。臀部坐穩、手部抓緊，前前後後、高高低低，盪出活力與青春。

「天堂鳥流籠」，走進綠色涼亭，小朋友繫好安全帶，坐於流籠上方，順著鋼索滑下，滑向對面的小沙堆，感受從天而降的快感與喜悅。

經過了一口小水井，探頭看，「水泉」源源不斷，沒有自來水的時候，這口井可是飲用與洗滌的大功臣。再往內走，樸拙、整齊的古厝巷道，增思古之幽情，雖然有些住戶已人去樓空，古厝人不在、祖先依舊拜，慎終追遠表情懷。那「反攻大陸」、「軍民一家」的字樣，見證了歷史，深烙在褪色的牆壁上。

「手工土坰窯」，踏過水泥地面彩繪的雞鴨羊，土窯在前方，土窯雞、香味溢，四隻以上可開窯，代客宅配多口味，春節期間有優惠。

「高粱土雞養雞場」，柵欄內，黑白與咖啡相間的小羊、成群的雞鴨，在空氣清新、田園分明的地方，悠閒自在地踱步。年前訂貨銷售多，來年雞群擴展配合顧客的需求。而鐵片蓋屋頂、圓木當架子、鷹架支撐、鐵釘釘牢，將廢棄材料資源再利用，大大小小、凹凸有致的雞舍，在牠們的天堂裡，遮風與擋雨，不遜人們的屋宇。

「風鈴竹廊」，大圳兩側搭竹竿，連接拱型竹線灑陽光。鈴鐺響，走在圳旁抬頭望，詩情畫意似古裝。

有水當思無水之苦，人工造湖，灌溉農田之用，源源不絕，省了水費。

快樂的天堂，尚未申請「多元就業開發方案」就已起步多年，祥和的聚落沒有一絲暴戾之氣，和諧的家園大家攜手共同創造。申請之後，三年來的經營，令人刮目相看，由村人的捐獻土地、不分彼此的同心協力，當看到活動中心牆壁上的「捐助興建芳名錄」，一個社區的成功，其來有自。

已近中午，隨風輕飄而來的飯菜香，祭出了人們胃的飫，那是女士們中午為客人準備的便當，依訂購價格變換菜色。過年期間，走訪城區總兵署旁的前廣場，農產品展售的現場，又遇見她們走出社區、走入人群，將親手烹飪的美味，以五折價促銷。與顧客分享美食，亦打響了知名度。

步出了靜謐的村莊、快樂的天堂。牛舍上方的牽牛花，藤蔓處處，迎著風兒，彷如跟大夥兒揮手說再見。而耐心植栽的「村名」，綠野漫漫。四周的花團錦簇，用天然的綠美化，同心協力，凝聚情感。這快樂的天堂、幸福的園地，美哉！

八、健康關懷宣導列車

開春以後，後方來了一隊健康大使，陣容堅強，三年前開始上前線，由校園到社區。

葉金麟教官的「戰地情」，民國七十二年，服務金門二九二師八七六旅八營三連的連輔導長，駐紮營區碧山與陽宅。退伍之後，憶戀故舊，八二三紀念日就地重遊。清晨五點多，驅車奔馳於曾服役的舊營區，欣喜營區尚在，難過不能進去，感慨萬千，時代走遠。

后扁營，排據點在旁邊，雷區在前方。回憶感傷，弟兄臉孔依舊在，不知身影在何方？腦海的思緒尚存留過去的影像，花崗岩內見到了久別重逢的草綠弟兄，台北人，曾是該連的安全士官。他鄉遇故知，手擁活動花絮的照片，憶從前，軍中生活一幕幕地浮現，髣如回到過往。

金麟教官歡喜金門的成長進步、百姓的安居樂業、民風的節約儉樸。結下了不解之緣後，毅然決然地投入了島嶼的關懷列車。他說，金湖鎮代表會一位呂先生的邀約，他二話不說地來到前線，從正義國小、開瑄國小、柏村國小到湖小，都有他們走過的足跡。他說：「少年用體力賺錢、年老用財力買健康。」知曉年長者的需要，現在更擴及到社區的關懷老人。

引發走向社區服務的念頭，這兩年，帶著藥師、營養師、物理治療師與護理系的學生，一同服務和學習。

另一位藥學博士郭詩憲老師，拿到博士學位後，先到醫院當藥劑師，當他看到病患用藥的後遺症，分別來自醫院或照護，深覺用藥安全的重要性。而護理、營養方面、日常生活、病痛、退化性關節炎、痛風等，同樣不容忽視。有個理念，民眾還沒生病之前，預防勝於治療。經濟與知識不畫上等號，如何用藥安全與照護，方能成就一個健康的身體，是當務之急。

郭老師對島民的感受，樂天、長壽。他遺憾地說，許多人很需要醫療照護，他們再怎麼投入，亦要回台，幫忙有限。多希望在島嶼找人做教育訓練，爾後照護工作接班有人。

輔英科技錦旗一面贈社區，懸吊於公布欄，為關懷列車留下紀念。

感謝他們對拙作的鼓勵，特相贈《女人話題》、《輾過歲月的痕跡》二書。

《島嶼記事》後記

《島嶼記事》是我的第四本書。

在短短的一年裡，能完成這本十餘萬言的雜記，又能集結成書，喜悅的心情是筆墨難以形容的。然而，我的內心卻有一絲兒落寞，自從母親離我遠去後，思母的痛楚一直盤纏在我心靈的最深處，與外界隔絕的日子裡，讓我度過一段悲愴苦澀的歲月。

在這個小小的島嶼生活了四十餘年，除了短暫的時光外，一直未曾離開過這塊生我育我的土地，當青春時期與文學結了緣，我便試著以笨拙之筆來記錄週遭的一切，寫實更是我的夢想和堅持。或許是自身個性的使然，在現實生活中，我不懂得阿諛和奉承；在作品裡，就事論事不容是非顛倒，也因此得罪人而不自知。甚至作品在報上刊載後，竟有不肖之徒口出穢言登門來興師問罪，企圖綁架手中的這枝筆。可是他們錯估了形勢，雖然我是一個弱女子，但絕不向惡勢力低頭，冀望他們好自為之，別忘了我們是一個法治國家，由不得任何人囂張跋扈、擅作威福！

《島嶼記事》，同樣也是我心靈的獨白。未來的歲月，無論歷經多少風霜或雨雪，我思我寫，是與非、優與劣，不矯揉造作地呈現在讀者面前。

感謝提供我發表園地的《浯江副刊》和《金門文藝》。
感謝文壇前輩及讀者們的鼓勵和指正，有你們，我才有寫下去的勇氣！

國家圖書館出版品預行編目

島嶼記事 / 寒玉著 . -- 一版. -- 臺北市 :
秀威資訊科技, 2009.04
面 ; 公分 · -- (語言文學類 ; PG0247)
BOD版
ISBN 978-986-221-210-3 (平裝)

855　　98005305

語言文學類　PG0247

島嶼記事

作　　者 / 寒　玉
發 行 人 / 宋政坤
執行編輯 / 黃姣潔
圖文排版 / 黃莉珊
封面設計 / 蕭玉蘋
數位轉譯 / 徐真玉　沈裕閔
圖書銷售 / 林怡君
法律顧問 / 毛國樑　律師
出版印製 / 秀威資訊科技股份有限公司
台北市內湖區瑞光路583巷25號1樓
電話：02-2657-9211　傳真：02-2657-9106
E-mail：service@showwe.com.tw
經 銷 商 / 紅螞蟻圖書有限公司
台北市內湖區舊宗路二段121巷28、32號4樓
電話：02-2795-3656　傳真：02-2795-4100
http://www.e-redant.com

2009 年 4 月　BOD 一版
定價：290 元

讀　者　回　函　卡

感謝您購買本書，為提升服務品質，煩請填寫以下問卷，收到您的寶貴意見後，我們會仔細收藏記錄並回贈紀念品，謝謝！

1.您購買的書名：＿＿＿＿＿＿＿＿＿＿＿＿＿＿

2.您從何得知本書的消息？

□網路書店　□部落格　□資料庫搜尋　□書訊　□電子報　□書店

□平面媒體　□ 朋友推薦　□網站推薦　□其他＿＿＿＿＿

3.您對本書的評價：(請填代號　1.非常滿意 2.滿意 3.尚可 4.再改進)

封面設計＿＿　版面編排＿＿　內容＿＿　文/譯筆＿＿　價格＿＿

4.讀完書後您覺得：

□很有收獲　□有收獲　□收獲不多　□沒收獲

5.您會推薦本書給朋友嗎？

□會　□不會，為什麼？＿＿＿＿＿＿＿＿＿＿＿＿＿＿

6.其他寶貴的意見：＿＿＿＿＿＿＿＿＿＿＿＿＿＿

＿＿＿＿＿＿＿＿＿＿＿＿＿＿＿＿＿＿＿＿

＿＿＿＿＿＿＿＿＿＿＿＿＿＿＿＿＿＿＿＿

＿＿＿＿＿＿＿＿＿＿＿＿＿＿＿＿＿＿＿＿

讀者基本資料

姓名：＿＿＿＿＿＿＿＿＿＿　年齡：＿＿＿　性別：□女　□男

聯絡電話：＿＿＿＿＿＿＿＿　E-mail：＿＿＿＿＿＿＿＿＿＿

地址：＿＿＿＿＿＿＿＿＿＿＿＿＿＿＿＿＿＿＿＿

學歷：□高中(含)以下　□高中　□專科學校　□大學

□研究所(含)以上　□其他＿＿＿＿＿＿＿

職業：□製造業　□金融業　□資訊業　□軍警　□傳播業　□自由業

□服務業　□公務員　□教職　□學生　□其他＿＿＿＿＿

請貼
郵票

To：114

台北市內湖區瑞光路 583 巷 25 號 1 樓

秀威資訊科技股份有限公司　收

寄件人姓名：

寄件人地址：□□□

(請沿線對摺寄回,謝謝!)

秀威與 BOD

BOD（Books On Demand）是數位出版的大趨勢，秀威資訊率先運用 POD 數位印刷設備來生產書籍，並提供作者全程數位出版服務，致使書籍產銷零庫存，知識傳承不絕版，目前已開闢以下書系：

一、BOD 學術著作—專業論述的閱讀延伸
二、BOD 個人著作—分享生命的心路歷程
三、BOD 旅遊著作—個人深度旅遊文學創作
四、BOD 大陸學者—大陸專業學者學術出版
五、POD 獨家經銷—數位產製的代發行書籍

BOD 秀威網路書店：www.showwe.com.tw
政府出版品網路書店：www.govbooks.com.tw

永不絕版的故事・自己寫・永不休止的音符・自己唱